몸이 말할 때,
나는 귀를 기울였다

몸이 말할 때, 나는 귀를 기울였다

초판 1쇄 발행 2026년 3월 21일

지 은 이 최점복
발 행 인 권선복
편　　집 한영미
디 자 인 김소영
전 자 책 서보미
마 케 팅 권보송
발 행 처 도서출판 행복에너지
출판등록 제315-2011-000035호
주　　소 (07679) 서울특별시 강서구 화곡로 232
전　　화 0505-666-5555　(010-3267-6277)
팩　　스 0303-0799-1560
홈페이지 www.happybook.or.kr
이 메 일 ksbdata@daum.net

값 22,000원
ISBN 979-11-24134-19-1　(03810)

Copyright ⓒ 최점복, 2026

도서출판 행복에너지는 독자 여러분의 아이디어와 원고 투고를 기다립니다. 책으로 만들기를 원하는 콘텐츠가 있으신 분은 이메일이나 홈페이지를 통해 간단한 기획서와 기획의도, 연락처 등을 보내주십시오. 행복에너지의 문은 언제나 활짝 열려 있습니다.

몸이 말할 때, 나는 귀를 기울였다

최점복 지음

도서출판 행복에너지

"몸이 나에게 말을 걸어올 때"

사람의 몸을 바라보고 있으면 나는 종종 시간의 흐름이 멈춘 듯한 순간을 맞는다.

말은 하지 않지만, 몸은 이미 모든 것을 말하고 있다.

어깨의 기울기, 피부 아래로 스치는 미세한 떨림, 숨이 머물렀다 흘러가는 길.

그 길 위에 그 사람의 하루가, 그 사람의 마음이, 그 사람의 살아온 시간이 조용히 쌓여 있다.

사이언스 피부관리실에서, JB 건강관리연구소에서 나는 그 조용한 언어들을 듣는다.

몸은 언제나 먼저 진실을 건네고, 세포는 그 진실을 아주 작은 목소리로 속삭인다.

나는 그 속삭임을 듣기 위해 손끝을 비우고 마음을 가라앉힌다.

사람의 몸을 만지는 일은 결국 사람의 '시간'을 만지는 일이며, 사람의 '마음'을 가만히 안아주는 일이다.

이 일을 오래 하며 깨달은 것이 있다.

몸은 절대로 거짓말을 하지 않는다는 것, 그리고 몸은 늘 주인을 지켜왔다는 것이다.

말로는 괜찮다 해도 몸은 이미 지쳐 있고, 말로는 아무렇지 않다고 해도 세포는 오래전부터 신호를 보내고 있다.

나는 그 신호를 듣는 사람이다. 그리고 그 신호를 사랑과 존중으로 돌려주는 사람이다.

어떤 사람은 눈을 감는 순간 어깨가 툭 내려앉는다.

그 내려앉음 속에 평소 얼마나 자신을 붙잡고 버텼는지 나는 안다.

어떤 사람은 손끝만 잡아도 미세한 떨림이 전해진다.

그 떨림은 불안이거나, 아픔이거나, 혹은 오래도록 말하지 못한 외로움이다.

그러나 그 모든 신호는 이렇게도 말하고 있다.

"나, 이제 괜찮아지고 싶어요."

"나도 누군가에게 기대고 싶었어요."

"조금만 더 따뜻하게 안아주세요."

몸은 마음보다 먼저 용기를 낸다. 몸은 말보다 먼저 진실해진다. 그래서 나는 몸을 사랑한다.

나는 손끝으로 움직이지만, 손끝보다 먼저 움직이는 것은 마음이다.

마음을 비우고 그 사람에게 향할 때 비로소 몸은 문을 열기 시작한다.

그 문이 열릴 때, 나는 늘 경외감을 느낀다.

몸은 강한 동시에 섬세하고, 기억을 품은 동시에 치유를 갈망하며, 세포 하나하나에 그 사람의 인생이 새겨져 있기 때문이다.

이 책은 내가 만난 몸들의 기록이며, 몸이 들려준 세포의 이야기이고, 그 속에서 내가 배운 사랑의 언어다.

나는 믿는다. 모든 몸에는 사랑이 있다. 모든 세포에는 빛이 있다. 모든 사람은 본래부터 사랑스러운 존재이다.

그 사실을 당신에게도 전하고 싶어 이 글을 쓴다.

2026년 2월

최점복

조금 늦은 꽃이 더 아름답다

인동초(忍冬草)는 '겨울을 견디는 풀'이다. 엄동설한의 추위에도 굴하지 않으며 잎이 시들지 않고 살아남는 강인한 식물을 가리킨다. 인동초의 꽃말은 사랑의 인연·헌신적인 사랑 등으로, 추운 겨울을 이겨내며 피어나는 모습이 끈기와 변치 않는 사랑을 상징한다.

응당 고울 수밖에 없다. 따라서 우리는 겨울에 만나는 인동초에서 새삼 "조금 늦은 꽃이 더 아름답다"라는 명제와 인생의 울림을 발견하게 된다. 인동초에서 우리는 어떤 꽃은 남들보다 조금 늦게 피어나지만, 그래서 더 귀하고 특별함이 불쑥 다가옴을 느끼는 것이다.

성급하게 서두르지 않고 자신만의 속도와 방식으로 때를 기다려 마침내 피워내는 아름다움은, 그 과정에서 겪었을 시간과 인내가 고스란히 담겨 있기에 더욱 감동적임은 물론이다.

최점복 작가가 바로 그런 사람이다. 교수와 수강생의 사이로 만났지만, 진솔한 그녀의 내면과 대장부다운 스타일에 그만 투항한 필자는 지금도 최점복 작가에게서 많은 걸 배운다는 느낌이다.

특히 매사에 철저함을 신봉하며 프로 정신의 함양과 견지를 양수겸장으로 보여주고 있는 최점복 작가에게서 필자는 '조금 늦은 꽃이 더 아름답다'라는 인생의 메시지까지 발견하곤 한다.

혹자는 늦게 시작하는 모든 일에 "그 나이에 무슨?"이라며 어설픈 자기합리화의 변명을 들이밀기 일쑤다. 하지만 훗날 '미국인의 삶을 그린 화가'로 큰 사랑을 받으며 세계적인 명성을 얻었던 할머니 화가 모지스는 70대 후반이 되어서야 그림을 진지하게 그리기 시작했다.

KFC의 창업자인 커넬 샌더스는 60대가 되어서야 자신의 치킨 레시피를 들고 다니며 사업을 시작했다. 수많은 거절에도 불구하고 끈질기게 도전했고, 마침내 세계적인 성공을 거두며 많은 사람에게 영감을 주었다.

오늘도 아픈 사람의 몸을 만지며 그 사람의 시간을 존중하는 일을 계속하고 있는 최점복 작가는 어쩌면 조금 늦게 핀 꽃이다. 그렇지만 그 꽃은 오래 간다.

비록 조금 늦었긴 하더라도 만인에게 사랑받는 백합처럼 우아함과 순수함을 잃지 않고 오늘도 자신의 직분에 충실하고 있는 최점복 작가는 대표적 대기만성(大器晩成)의 여걸이다. 조금 늦은 꽃이 더 아름답고 오래 간다.

– 김승수 | 한남대학교 미래인재대학원 경영 MBA 주임교수

빛과 소금이 되는
천사가 있다는 것은 큰 축복

　한남대학교 경영대학원 최고경영자(CEO 과정) 중에 경락의 대가로 유명한 남다른 복덩이 원생이 있었다. 수업 때 항상 제일 앞에 앉아 열성을 보이는 학습 태도며 강의 후 만남의 자리에서도 늘 밝고 예의가 바르기에 교수들은 물론 동료들 사이에서도 칭찬이 자자했다.

　모든 면에 모범인 원생에게 장학금은 물론 수료식 때 총장상을 수여하면 좋겠다고 생각하여 대학원 운영위원회에서 최점복 원우를 선정하게 되었다. 수료 후에는 교수의 추천을 받아 대학에 편입해서 최우수 학생으로 졸업하고 다시 우리 대학원 MBA 과정에 입학하여 석사 학위를 받기 위해 논문도 열심히 준비 중이다.

　우리 원생들은 대부분 50대로 소상공인 대표들인데, 그중 홍경석 원생은 『사자성어는 인생 플랫폼』 등 공저 포함 50편의 저서를 출판한 작가이며 기자다. 그러기에 책을 내자는 의견은 여러 번 있었지만, 최점복 원우가 자신이 좋아하고 자신 있는 일로 책을 이렇게 빨리 1호로 낼 줄은 생각지 못했고, 추천서 부탁을 하기에 망설임 없이 축하해 주었다.

하루를 25시간처럼 살아가며 무엇을 해도 믿음이 가는 최 대표에게 이젠 '작가'란 꼬리표가 하나 더 붙었다. 일하는 데도 철학적인 사고와 신앙심의 접목은 물론 성심껏 최선을 다하는 아름다운 관리로 단골이 많다는 얘기를 고객분한테 많이 들었다.

그 모든 것들이 어우러져 『몸이 말할 때, 나는 귀를 기울였다』 책으로 정리되어 나왔다. 대부분 책은 이론이 행동으로 실천되도록 유도하는데, 이 책은 행동이 이론으로 전이되었다는 것이 특이한 점이다.

─ "수많은 몸을 만지면서 저는 몸으로부터 단 한 문장을 배웠습니다. '나는 너를 위해 싸우고 있었어.' 몸은 늘 우리 편이었습니다. 우리 안의 마지막 사랑이었습니다. 이제 그 친구의 이야기를 들어줄 시간입니다.

몸은 말없이 당신을 지켜온 가장 오래된 친구입니다. 그 친구의 이야기에 귀 기울이는 순간, 치유는 이미 조금씩 시작되고 있습니다." ─

66년을 살아오면서 나와 인연이 된 수많은 사람 중에 최점복 원우처럼 배려하고 똑똑하며 의지의 한국인으로 빛과 소금이 되는 천사가 제자로 있다는 것은 큰 축복이다.

이 저서가 많은 분에게 건강한 몸의 유지·치유를 위하여 유익하게 읽히길 기대하며 진심으로 응원한다.

─ 정재환 | 현 대한경호학회 중앙연수원 교수, 국제지역학 박사

열심히 하는 사람은 못 당한다

당연한 상식이 하나 있다.

그건 바로 "평소 뭐든지 열심히 하는 사람은 못 당한다"라는 것이다.

여기에 수반되는 무기는 꾸준함과 성실함이다. 이는 사람이 가진 가장 강력한 성공의 징검다리로 동원된다.

어떤 어려움이 닥치더라도 묵묵히 자신의 길을 걸으며 최선을 다하는 모습은 주변 사람들에게도 큰 영감을 준다. 지치지 않고 노력하는 그 과정은 장차 성공으로 가는 지름길이자 참으로 값진 것이기 때문이다.

물론 여기에는 끈기와 열정이라는 담보가 전제되어야 한다.

타고난 재능도 중요하지만, 이보다는 좌절하지 않고 끈기 있게 노력하는 것이 성공에 훨씬 큰 영향을 미친다는 건 상식이다.

노력을 통해 우리는 새로운 것을 배우고, 기술을 숙련하며, 자신의 역량을 끊임없이 발전시킬 수 있다.

열정은 이러한 배움의 과정을 즐겁게 만들고, 더 깊이 파고들게 하는 원동력이 된다. 이 과정에서 얻는 경험과 지식은 성공의 단단한 밑거름이 된다.

역설적으로 노력하지 않은 성공은 쉽게 무너질 수 있다.

매사 치열한 장인 정신으로 몰두하는 사람이 있다.

최점복 대표가 바로 그런 사람이다.

우리는 살아가면서 마음의 병이 몸으로 나타나고 몸의 고통이 다시 마음을 흔드는 순간들을 경험한다.

저자는 현장에서 마주한 수많은 치유의 장면과 임상적 통찰을 섬세한 손길로 아름답게 기록해 왔다.

몸과 마음이 하나의 유기체임을 차분히 일깨워 주는 이 책은, 독자들에게 위로를 넘어 스스로를 돌보고 회복할 수 있는 내적인 힘과 따뜻한 긍정의 에너지를 전해줄 것이다.

– **최석화** | (주) 석화 대표이사

라일락꽃 향기보다
더 아름답고 고운 여인

　우리가 살아가는 이 세상은 인연생기(因緣生起)로부터 출발한다. '모든 만남과 관계가 인연에 의해 이루어진다'라는 뜻이다. 만남의 소중함을 새삼 깨닫게 하는 명구(名句)이다.

　사람과 사람 간의 인연은 힘든 순간에 기댈 수 있는 어깨가 되어준다는 점에서부터 각별한 위치를 점유한다. 그런데 이 역시 중요한 함의를 내재하고 있다. 예컨대 아무나 만나선 안 된다는 것이다.

　서로에게 배우고 성장하며, 때로는 서로의 부족한 점을 채워주는 것이 인연의 힘이기 때문이다. 이 경우, 함께 목표를 향해 나아가거나, 어려움을 극복하는 과정에 있어서도 혼자서는 이룰 수 없는 큰 힘을 발휘하기도 하는 게 바로 인연의 정의(定義)라 하겠다.

　반면 어찌어찌 인연이 되었으나 알고 보니 예의염치(禮義廉恥)마저 증발되어 얼추 인면수심(人面獸心)인 경우도 다반사다.

　따라서 인연이라는 것은 존재 자체만으로도 나와 우리의 삶에 풍요로움을 더하고, 삶의 의미를 더욱 깊게 만들어 주는 맑은 옹달샘 같은 초지일관(初志一貫)의 불변한 사람을 만나야 삶의 경험 자산까지 풍성해진다.

최점복 대표를 만난 것은 몇 해 전 주경야독으로 동문수학한 한남대학교 경영대학원 CEO 과정에서였다. 그때나 지금이나 조금도 다름없이 항상 웃는 긍정의 미소와 친절하고 예의 바른 모습은 제아무리 무뚝뚝한 천하의 구두쇠 스크루지 영감마저 무장해제 시키는 강력한 자산으로 우뚝하다.

그야말로 머리가 아픈 사람에게는 두통약으로, 치아가 시원찮은 사람에게는 진통제, 속이 꽉 체한 사람에게는 소화제로 다가오는 유어유수(猶魚有水)의 신선함과 청량감이었다.

만나면 라일락꽃의 은은하고 깊은 향기보다 더 아름답고 고운 여인이자 동문회를 일순 명랑 분위기로 치환하는 강력한 카리스마까지 갖춘 당찬 여장부 최점복 대표가 생애 첫 역작을 냈다.

항상 그 바쁜 외중에도 시간을 쪼개 석사 과정의 공부에 매진하는 모습에서 새삼 '시작이 반이다'를 상징하는 사자성어인 '작시성반(作始成半)'이 떠올랐다. 십여 년 전 필자가 와신상담 끝에 첫 저서를 발간했을 때가 떠오른다.

본 저서의 출간을 계기로 작가로서도 더욱 탄탄한 입지를 다지길 축원한다.

– 홍경석 | 월간 오늘의 한국 편집위원 겸 취재본부장

차례

PART 1.

몸은 언제나 먼저 말한다 (몸·세포·치유 철학)

1장. 몸은 언제나 먼저 말한다 … 22

몸의 신호는 아주 작고, 아주 정확하다 / 치유는 '움직임'이 아니라 '멈춤'에서 시작된다 / 몸이 먼저 열리고, 마음이 뒤따라온다 / 손끝이 듣는 것은 근육이 아니라 마음의 떨림이다 / 몸에 담긴 '삶의 이야기'를 듣는 일 / 나는 몸의 말을 듣는 사람이다

2장. 세포들이 들려주는 미세한 속삭임 … 36

세포는 마음보다 먼저 말한다 / 세포는 기억한다 – 우리가 잊고 지낸 감정까지도 / 세포와 대화하는 손끝 / 세포가 말하는 "고맙습니다"의 순간 / 세포 하나하나가 '사람'이다 / 세포가 바뀌면 삶이 바뀐다

3장. 사랑스러움의 발견 … 50

연약함 속에서 피어나는 아름다움 / 사람을 사랑스럽게 만드는 것은 '버텨온 시간' / 사랑스러움은 '있는 그대로'에서 시작된다 / 사람의 '결'은 손끝에서 가장 잘 느껴진다 / 눈물에서 발견되는 사랑스러움 / 사람은 진심을 느낄 때 빛이 난다 / 사랑스러움은 결코 사라지지 않는다

4장. 몸과 마음은 같은 문장을 쓴다 … 66

몸이 남기는 문장들 / 마음도 몸을 따라 적힌다 / 몸이 닫히면 마음이

몸은 언제나 먼저 말한다
(몸·세포·치유 철학)

 **몸은 언제나
먼저 말한다**

사람이 문을 열고 들어오는 순간,

나는 가장 먼저 그 사람의 '몸'을 본다.

몸은 언제나 말을 한다.

말보다 먼저, 마음보다 먼저,

그 사람의 지금 상태를 가장 솔직하게 드러낸다.

어떤 고객은 문을 밀고 들어오는 순간

걸음이 조금 더 짧아져 있다.

그 짧아진 걸음 속에

오늘 하루의 무게가 실려 있다.

어떤 고객은 의자에 가볍게 앉으려다

허리를 잠시 붙잡는다.

그 붙잡음 속에는

최근 며칠간의 피로가 들어 있다.

어떤 고객은 밝게 웃고 있지만

눈가에 흐르는 작은 흔들림이 있다.

그 흔들림 속에는

누구에게도 말하지 못한 감정이 숨어 있다.

나는 그 모든 것을 본다.

본다는 것은 판단이 아니라 '수용'이다.
몸이 보내는 신호를
있는 그대로 받아들이는 일이다.

몸의 신호는 아주 작고, 아주 정확하다

몸은 거짓말을 하지 않는다.

그저 '있는 그대로'를 보여준다.

어깨가 앞쪽으로 말려 있다면

요즘 마음이 움츠러들어 있었다는 뜻이고,

턱이 굳어 있다면

말하지 못한 감정을 오래 눌러왔다는 뜻이다.

복부가 차갑다면

스트레스를 오래 품어온 것이고,

종아리가 유독 단단하다면

오랫동안 마음을 지탱하느라 애써온 것이다.

어떤 고객은

등 위에 손을 올린 순간

세포가 아주 미세하게 떨린다.

그 떨림은 두려움이나 긴장이 아니라,

"이제 괜찮다"라는 몸의 해방 신호이기도 하다.

몸은 다 알고 있다.

자신이 얼마나 힘들었는지,

얼마나 버텨왔는지,

얼마나 사랑받고 싶었는지.

그리고 몸은

치유받을 준비가 되었을 때

아주 작고 부드러운 신호로 알려준다.

치유는 '움직임'이 아니라 '멈춤'에서 시작된다

많은 사람들이

치유는 '무언가를 해야' 시작된다고 생각한다.

그러나 내가 수많은 몸을 만나며 깨달은 진실은

치유는 '멈춤'에서 시작된다는 것이다.

몸이 잠시 멈춰

스스로를 느끼는 순간,

그동안 밀어내던 감정들이 표면으로 떠오른다.

손끝을 등에 가만히 얹기만 해도

몸이 먼저 반응한다.

힘을 빼고,

숨을 고르고,

조심스레 자신을 열기 시작한다.

나는 그 순간을 '첫 번째 문'이라고 부른다.

몸이 스스로 문을 여는 순간.

치유는 그 문에서 시작된다.

몸이 먼저 열리고, 마음이 뒤따라온다

사람들은 종종 마음을 먼저 열어야

치유가 시작된다고 생각한다.

그러나 실제로는 그 반대인 경우가 많다.

몸이 열리면

마음이 따라온다.

등의 긴장이 풀리는 순간

오래 눌러왔던 감정이 흘러나오고,

어깨가 내려앉는 순간

혼자서 버텨온 시간들이 조용히 풀어진다.

어떤 고객은

말 한마디 없이 눈물을 흘린다.

나는 그 눈물을 이해한다.

그건 슬픔의 눈물이 아니라

'안도의 눈물'이기 때문이다.

몸이 안전하다고 느끼면

마음도 안전해진다.

몸이 편안해지면

마음의 힘도 풀어진다.

사람은 몸을 통해 마음을 열고,

마음을 통해 다시 몸을 치유한다.
두 세계는 따로 움직이지 않는다.

손끝이 듣는 것은 근육이 아니라 마음의 떨림이다

나는 고객의 몸을 만질 때

근육만 느끼는 것이 아니다.

그 안에 담긴 '마음의 떨림'을 느낀다.

어떤 어깨는

삶의 짐을 너무 길게 버텨왔고,

어떤 허리는

오랫동안 책임을 붙들고 있었다.

나는 그 결을 느끼며

몸이 전하는 말을 듣는다.

"조금만 더 천천히 해줘요."

"여기 오래 아팠어요."

"이제 괜찮아졌어요."

이 말들은 모두

세포가 보내는 언어다.

세포는 말이 없지만

가장 명확한 메시지를 전달한다.

손끝을 조심스레 이동시키면

세포가 반응한다.

긴장이 풀리는 곳에서

몸이 작은 숨을 내쉰다.
그 숨이 바로 치유의 시작이다.

몸에 담긴 '삶의 이야기'를 듣는 일

내가 이 일을 사랑하는 이유는
사람의 몸이 곧 '삶의 기록'이기 때문이다.
몸은
그 사람이 어떤 마음으로 살아왔는지,
어떤 상처를 지나왔는지,
어떤 희망을 품고 있는지
모두 기억하고 있다.
몸은 감정을 저장하고,
세포는 기억을 품고,
근육은 시간을 기록한다.
그래서 나는
몸을 만진다는 것이 곧
그 사람의 삶을 '듣는 일'이라고 생각한다.
이 아름다운 일을
나는 매일 하고 있다.
그리고 앞으로도 계속할 것이다.

나는 몸의 말을 듣는 사람이다

고객은 종종

"관리사님은 어떻게 제 상태를 그렇게 잘 아세요?"

라고 묻곤 한다.

나는 그럴 때

조용히 웃으며 대답한다.

"몸이 말해줘요. 저는 그 이야기를 듣는 사람일 뿐이에요."

몸은 모든 것을 알고 있다.

몸은 사랑받을 준비가 되어 있다.

몸은 스스로 치유할 힘을 가지고 있다.

나는 그저

몸이 그 힘을 다시 기억하도록

손끝으로 도와주는 사람이다.

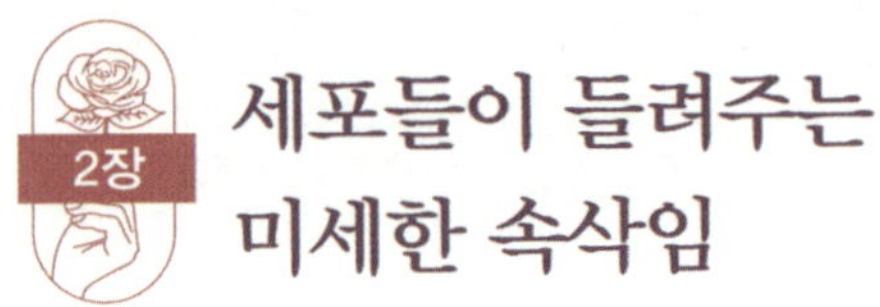

세포들이 들려주는
미세한 속삭임

몸을 만질 때 나는 가장 먼저
'세포들의 목소리'를 듣는다.
눈에 보이지 않지만
세포는 언제나 말을 하고 있다.
속삭임 같은 아주 작은 울림으로.
마치 어둠 속에서 서로 기대어
하루를 버텨온 작은 생명들이
조심스레 입을 여는 것처럼.
내가 손끝을 천천히 올려
근육 위를 지나갈 때,
세포는 가장 먼저 반응한다.
그 반응은
아주 미세한 떨림,
조용한 긴장,
혹은 살짝 식은 온도로 나타난다.
나는 그 온도와 떨림을 통해
세포가 들려주는 이야기를 듣는다.

세포는 마음보다 먼저 말한다

사람은 종종 자신의 감정을 숨긴다.

그러나 세포는 숨기지 않는다.

세포는 있는 그대로 반응하고,

있는 그대로 표현한다.

내가 어깨를 가볍게 눌렀을 때

세포가 이렇게 말하는 것처럼 느껴진다.

"여기는 조금 아팠어요."

"여기에서는 오래 버텼어요."

"이제 조금 풀릴 것 같아요."

놀라운 것은

세포의 반응이 결코 거짓이 아니라는 것이다.

세포는 감정을 꾸미지 않고,

참았던 시간도 미화하지 않는다.

그저 사실을,

느낀 그대로를,

작은 떨림으로 전할 뿐이다.

그래서 세포는

어쩌면 사람의 마음보다 더 정직한 존재다.

세포는 기억한다 – 우리가 잊고 지낸 감정까지도

세포는 우리의 하루를 저장한다.

그리고 그 하루들이 모여

삶의 패턴을 만든다.

스트레스를 오래 받으면

세포는 긴장을 기억한다.

좋은 터치를 받으면

세포는 온기를 기억한다.

상처를 받으면

세포는 경계를 만든다.

세포는 몸속 작은 도서관이고,

그 안에 감정이라는 책들이

차곡차곡 쌓여 있는 셈이다.

가끔 어떤 고객의 복부를 만질 때

아주 느리고 깊은 한숨 같은 이완이

손끝에 그대로 전해진다.

그건 단순한 근육의 반응이 아니라

세포가 오래 붙들고 있던 감정을

드디어 내려놓는 순간이다.

나는 그 한숨을 들을 때마다

고요한 경외감을 느낀다.

세포도 위로받고 싶어 했구나.

세포도 따뜻함을 기다렸구나.

그리고 세포도 치유될 수 있구나.

세포와 대화하는 손끝

나는 세게 누르는 사람이 아니다.

세게 누르면 오히려 세포는

문을 닫아버린다.

세포는 부드러움을 기억하고,

안전함 속에서 열리고,

손끝의 진심을 알아본다.

촉진을 할 때

나는 단순히 근육을 누르는 것이 아니라

세포의 마음에 조심스럽게 노크한다.

"괜찮아요. 이제 편하게 숨 쉬어도 돼요."

그러면 세포는

말없이 몸을 내어준다.

긴장이 사라지고,

온도가 따뜻해지고,

세포의 리듬이 부드럽게 바뀌기 시작한다.

이 순간은

언제 봐도 신비롭다.

세포가 나를 믿기 시작했음을 알려주는

아주 조용한 신호이기 때문이다.

세포가 말하는 "고맙습니다"의 순간

어떤 고객은

시술이 끝날 무렵

몸 전체가 아주 부드럽게 이완되어 있다.

그 이완은 단순한 피로회복이 아니라

세포가 보내는 감사의 표현이다.

세포는 말로 고맙다고 하지 않는다.

대신 이렇게 말한다.

온도가 따뜻해지고,

호흡이 길어지고,

근육의 결이 부드러워지고,

몸 전체가 하나의 리듬으로 편안해진다.

그 순간 나는 안다.

"아, 이 세포들은 지금 편안함을 기억하고 있구나."

사람은 마음으로 감동하지만,

세포는 몸으로 감동한다.

세포는 따뜻함을 기억하고

다시 그 따뜻함을 갈망한다.

그래서 좋은 터치는

세포를 다시 살아나게 만든다.

세포 하나하나가 '사람'이다

나는 오랫동안 수많은 몸을 보며

이런 생각을 하게 되었다.

세포 하나에도

그 사람의 마음이 담겨 있고,

그 사람의 시간이 들어 있으며,

그 사람의 상처와 회복이 함께 존재한다.

세포는 작지만

정말 큰 이야기를 들려주는 존재다.

그 이야기를 듣기 위해

나는 항상 마음을 비우고 손끝을 낮춘다.

세포를 통해

나는 그 사람의 마음 깊은 곳에 닿을 수 있기 때문이다.

세포는 결국 '사람'이다.

세포의 언어는 '진심'이다.

그리고 그 진심은

언제나 사랑으로 돌아온다.

세포가 바뀌면 삶이 바뀐다

나는 이 일을 하며

한 가지를 확신하게 되었다.

세포가 바뀌면 삶이 바뀐다.

세포가 긴장을 내려놓으면

사람도 힘을 내려놓고,

세포가 안전함을 느끼면

사람도 관계에서 안전함을 느끼며,

세포가 따뜻함을 기억하면

사람도 자신의 삶에 따뜻함을 허락한다.

이것이 내가

세포의 속삭임을

그토록 소중하게 여기는 이유다.

세포는 단순한 생물학적 단위가 아니라,

사람의 마음을 움직이는 가장 작은 영혼이다.

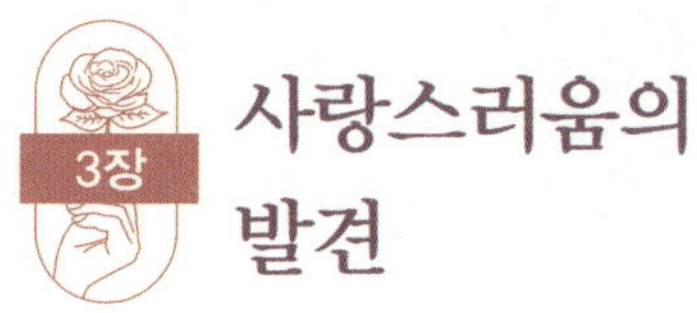

사랑스러움의 발견

사람을 오래 만지다 보면

나는 한 가지 확신을 가지게 된다.

사람은 본래 사랑스러운 존재라는 것.

이 사랑스러움은 외모나 성격에서 오는 것이 아니다.

사람이 가진 '연약함', '진심', '깊이'에서 온다.

그 모습은 누구에게나 있다.

다만, 대부분 숨겨져 있을 뿐이다.

몸을 통해 그 모습을 마주하는 순간이 온다.

그때 나는

그 사람이 얼마나 아름다운 존재인지

가장 먼저 발견하게 된다.

연약함 속에서 피어나는 아름다움

나는 강한 사람만 많이 본 것이 아니다.

오히려 연약함을 가만히 드러내는 사람을

더 많이 보았다.

연약함은 약함이 아니다.

그 사람의 '진짜 마음'이 드러나는 소중한 순간이다.

어떤 고객은

엎드린 채로 아무 말도 하지 않는다.

하지만 어깨가 미세하게 떨리고,

숨이 얕아진다.

그 떨림과 얕은 숨에서

나는 그 사람의 하루가 얼마나 고됐는지

묵묵히 느낀다.

그 떨림은 이렇게 말한다.

"사실… 너무 힘들었어요."

"누군가에게 기대고 싶었어요."

"조금만 더 편해지고 싶어요."

이 연약함이

어찌나 사랑스러운지 모른다.

숨기지 않고 드러낼 수 있다는 것,

그 자리에서 내 앞에 온전히 놓아두었다는 것,
그 모든 순간이 아름답다.

사람을 사랑스럽게 만드는 것은 '버텨온 시간'

사람들은 종종

자기 자신이 부족하다고 말한다.

하지만 나는 안다.

그 사람이 얼마나 강하게 살아왔는지,

어떤 마음으로 버텨왔는지,

몸이 말해주기 때문이다.

굳은 어깨는

버티느라 수고한 세월의 흔적이다.

단단한 종아리는

삶을 견디기 위해 쌓아온 힘의 증거다.

차갑게 식은 복부는

누군가를 돌보느라

정작 자신을 돌보지 못한 마음의 기록이다.

이 모든 기록이

그 사람을 더 사랑스럽게 만든다.

그동안 혼자 얼마나 버텼을까?

얼마나 참고, 얼마나 감추고, 얼마나 웃으며 버텼을까?

그 버텨온 시간까지 알고 나면

사람은 그 자체로 사랑스럽다.

　　　　　　　　　　

이해가 되고
존중이 되고
품어주고 싶어진다.

사랑스러움은 '있는 그대로'에서 시작된다

어떤 고객은 "제가 너무 긴장해서 죄송해요"라고 말한다.

나는 그 말에 조용히 고개를 젓는다.

"괜찮아요. 지금 이 모습 그대로 충분해요."

사람은 완벽해야 사랑스러운 존재가 아니고,

편안해야 잘 돌봄을 받을 수 있는 것도 아니다.

오히려

있는 그대로의 모습이

가장 아름답다.

조금 굳어 있어도,

조금 떨어져 있어도,

조금 울컥해도,

조금 불안해도 괜찮다.

그 모든 모습이

그 사람의 진심이고,

그 진심이 바로 사랑스러움의 근원이다.

나는 손끝으로

사람의 결을 느낀다.

나무에도 결이 있듯

사람에게도 결이 있다.

그 결은

삶의 방향, 마음의 흐름, 감정의 깊이를 담고 있다.

어떤 사람의 결은 곧고 따뜻하며,

어떤 사람의 결은 흔들리면서도 부드럽고,

또 어떤 사람의 결은

겉은 거칠지만 속은 매우 연약하다.

나는 그 결을 있는 그대로 받아들인다.

그리고 그 결이 전해주는 아름다움을 본다.

결이 고르지 않아도 괜찮다.

흔들려도 괜찮다.

그것은 그냥 그 사람의 삶이다.

손끝에 닿는 결 하나하나가

너무나도 소중하고 사랑스럽다.

눈물에서 발견되는 사랑스러움

어떤 고객은 손끝이 닿는 순간

눈물을 흘린다.

그 눈물은 결코 슬픔만이 아니다.

그 눈물에는

해방감,

안도감,

위로받고 싶은 마음,

말하지 못했던 감정들이

모두 녹아 있다.

나는 그 눈물을 볼 때마다

가슴 깊은 곳에서 울림을 느낀다.

"이 사람… 정말 사랑스러운 존재구나."

눈물은 약함이 아니다.

눈물은 마음이 열렸다는 신호다.

믿음이 생겼다는 표현이고,

그 사람이 조용히 자기 자신에게 돌아가고 있다는 증거다.

나는 그 순간을 가장 소중하게 여긴다.

치유는 바로 그 자리에서 시작되기 때문이다.

사람은 진심을 느낄 때 빛이 난다

어떤 고객은

관리 후에 얼굴이 달라진다.

주름이 펴져서가 아니라

빛이 변하기 때문이다.

몸이 안정되고,

세포가 이완되고,

마음이 다시 제자리를 찾으면

사람은 '안쪽에서 빛난다'.

그 빛은 화장이 만들어 주는 것이 아니다.

그 빛은 진심이 건드릴 때만 깨어난다.

사람은

누군가에게 깊이 이해받는 순간

가장 아름답게 빛난다.

내 손끝이 그 빛을 깨우는 데

조금이라도 도움이 된다면

그것만으로 충분하다.

사랑스러움은 결코 사라지지 않는다

사람들은 종종 자신을 탓한다.

"제가 너무 예민해서요."

"제가 너무 부족해서요."

"제가 왜 이렇게 약한지 모르겠어요."

그러나 나는 말해주고 싶다.

사랑스러움은

절대 사라지는 것이 아니라고.

당신이 지쳐도

사랑스러움은 그대로 남아 있고,

당신이 흔들려도

그 안의 진심은 사라지지 않는다고,

당신이 울어도

그 눈물 속에 빛이 있다고.

나는 그 사실을

수많은 몸을 통해 보아왔다.

사람은 누구나

사랑스럽다.

그저 그 사실을

잊고 살 뿐이다.

나는 그 사랑스러움을
다시 발견해 주는 사람이다.

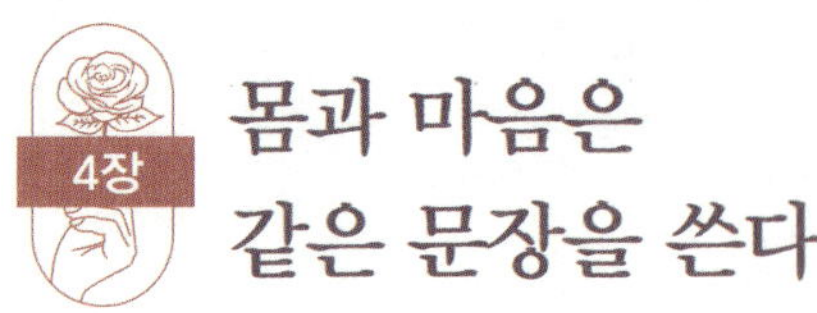

몸과 마음은
같은 문장을 쓴다

사람의 몸과 마음은

언뜻 보면 서로 다른 영역처럼 느껴진다.

몸은 물질이고, 마음은 비물질이니까.

하지만 내가 수많은 사람을 만나고,

그들의 몸을 손끝으로 읽어온 시간은

한 가지 결론을 알려주었다.

몸과 마음은 서로 다른 언어로 말할 뿐,

결국 같은 문장을 쓴다.

몸에서 일어나는 변화는 마음의 흔적이고,

마음에서 일어나는 움직임은 몸의 반응이다.

둘은 분리되지 않는다.

떨어질 수 없고, 따로 존재하지 않는다.

몸은 마음의 종이요,

마음은 몸의 잉크다.

둘은 늘 서로를 적시며

한 문장을 완성하고 있다.

몸이 남기는 문장들

사람의 몸에는

늘 한 문장이 새겨져 있다.

굳은 어깨는

"나는 오랫동안 책임을 짊어지고 있었어요."

딱딱한 종아리는

"나는 쉬고 싶었지만 계속 걸어야 했어요."

굽은 등은

"나는 나보다 다른 사람을 먼저 챙기며 살아왔어요."

차갑게 식은 복부는

"내 마음은 아직 따뜻함을 찾지 못했어요."

빠르게 뛰는 호흡은

"나는 지금도 누군가에게서 도망치고 있어요."

나는 그 문장을 읽는다.

몸은 말을 하지 않아도

그 사람의 마음을 아주 정직하게 기록해 두고 있다.

내가 만지는 것은

근육이 아니라

'한 사람의 문장'이다.

마음도 몸을 따라 적힌다

마음 역시

몸에 기록된 문장을 따라 적어 내려간다.

어깨가 무거우면

마음도 무거워지고,

복부가 차가우면

감정도 깊이 숨어버리고,

턱이 굳어 있으면

말하고 싶은 마음도 덜컥 굳는다.

몸이 긴장하면

마음은 스스로를 보호하려 들고,

몸이 풀리기 시작하면

마음도 조심스럽게 열린다.

그래서 누군가의 몸을 만지다 보면

그 사람의 마음이 따라 움직이는 순간이 있다.

등의 긴장이 풀어지는 것과 함께

숨이 깊어지고,

숨이 깊어지는 것과 함께

가슴의 답답함이 사라지고,

그러면 마음의 문이 아주 약하게 열린다.

그 문이 아주 작아 보이지만

그 작은 틈새는

치유가 들어가는 입구이다.

몸이 닫히면 마음이 닫히고, 마음이 닫히면 몸도 닫힌다

사람들은 몸의 변화와 마음의 변화를

별개라고 생각한다.

하지만 두 세계는 함께 열리고,

함께 닫힌다.

몸이 긴장하면

마음도 방어적으로 바뀌고,

마음이 경직되면

몸도 즉시 반응한다.

이것은 놀라울 정도로 일관적이다.

어떤 고객은

등 전체가 마치 벽처럼 굳어 있었다.

나는 그 굳어 있는 몸 안에서

말하지 못한 감정이 꽉 차 있다는 것을 느꼈다.

며칠 후, 그 고객은 내게 말했다.

"관리사님⋯ 사실 제가 요즘 너무 방어적으로 살았던 것 같

아요."

몸을 통해 읽은 문장이

마음에서 그대로 확인되는 순간이었다.

그래서 나는 말할 수 있다.

몸은 마음의 거울이고,
마음은 몸의 메아리다.

몸을 풀면 마음이 먼저 운다

많은 사람이

자기 마음이 단단하게 닫혀 있다고 생각한다.

하지만 몸이 먼저 풀리면

마음은 반드시 따라온다.

내가 손을 등에 천천히 얹을 때,

근육이 이완되고,

세포가 긴장을 내려놓고,

그 순간 마음이 조용히 움직이기 시작한다.

말 한마디 하지 않았는데

눈물이 고이는 고객이 있다.

나는 그 순간을 너무나 잘 안다.

그 눈물은 마음이 아니라

'몸이 먼저 울고 있는 것'이다.

몸이 울음을 허락하고,

몸이 감정을 열어주고,

몸이 치유를 허락하는 것이다.

우리는 흔히

감정이 먼저이고 몸이 나중이라고 생각하지만

실제로는 그 반대인 경우가 많다.

몸이 열리면

마음은 뒤따라 천천히 고개를 든다.

몸과 마음은 서로를 조용히 부축하며 산다

한 번도 이 둘은

서로를 떠난 적이 없다.

몸이 힘들면

마음이 그 몸을 부축하려 하고,

마음이 아프면

몸이 그 마음을 대신 끌어안는다.

몸이 무너질 것 같을 때

마음은 버티려 하고,

마음이 무너질 것 같을 때

몸은 강하게 자신을 다잡는다.

이 둘은 서로의 생존 방식이자

서로를 지켜주는 든든한 존재들이다.

나는 그 사실을 느낄 때마다

한 사람의 전체가

얼마나 소중하고 아름다운지 깨닫는다.

몸만 보는 것도 아니고,

마음만 보는 것도 아니다.

둘을 함께 보는 것이

진짜 '사람'을 보는 것이다.

사람의 몸을 만지는 것은 마음을 읽는 일이다

등을 스칠 때,

그 사람의 삶이 스치고,

어깨를 만질 때,

그 사람의 감정이 전해지고,

복부를 눌렀을 때,

그 사람이 잃어버린 따뜻함이 느껴진다.

나는 그 모든 순간을

소중히 다룬다.

몸은 나에게 마음을 맡기고,

마음은 나에게 몸을 맡긴다.

나는 그 둘의 연결다리가 되어

서로를 부드럽게 이어주는 사람이다.

몸과 마음이 한 문장을 완성하는 순간

관리의 후반부에 들어서면

어떤 고객은

호흡이 깊어지고

표정이 편안해진다.

그 순간 몸과 마음이

같은 문장을 완성한다.

"나, 괜찮아지고 있어요."

그 문장을 들을 때

나는 이 일이 얼마나 소중한지 다시 알게 된다.

몸은 마음을 쓰고,

마음은 몸을 읽으며,

둘은 언제나 함께 움직인다.

나는 그 공동 작업의 순간을

매번 경이롭게 바라본다.

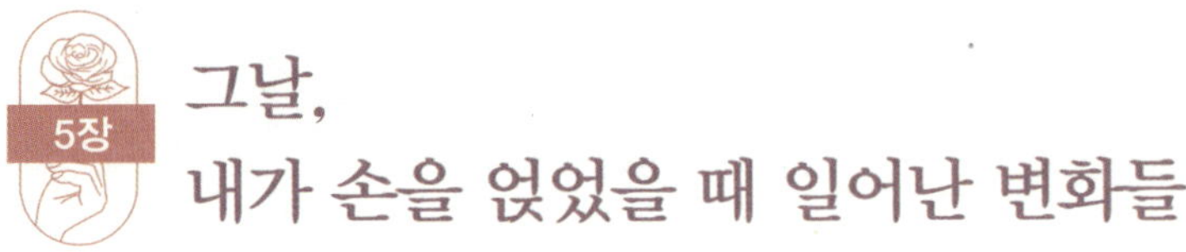

5장

그날,
내가 손을 얹었을 때 일어난 변화들

치유의 순간은

언제나 소리 없이 찾아온다.

나는 손을 올리고,

몸은 나를 받아들이고,

세포는 아주 작은 떨림으로 대답한다.

그 모든 과정이

한 장면처럼 느리게 흐르지만,

그 안에서 일어나는 변화는

언제나 놀랍고 아름답다.

손을 얹는다는 것의 의미

사람들은 종종

'마사지'라고 하면 힘을 준다고 생각한다.

하지만 실제로 치유를 여는 순간은

힘이 아니라 '손을 얹는 일'에서 시작된다.

손을 얹는다는 것은

그 사람의 몸에

"여기 있어요. 나는 안전한 존재예요."

라고 말하는 것이다.

힘보다 먼저 건네는 것은 온기이며,

기술보다 먼저 전해지는 것은 마음이다.

어떤 고객은

손끝이 닿는 순간

근육이 작게 흔들린다.

그 흔들림 속엔

과거의 피로와 오늘의 감정이 함께 들어 있다.

나는 그 떨림을 느끼며

아주 조용히 말한다.

"괜찮아요. 지금 이 순간만큼은 힘을 내려놓으셔도 돼요."

그러면 세포는

천천히 문을 열기 시작한다.

천천히 문을 열기 시작한다.

몸은 스스로 치유하는 힘을 가지고 있다

내가 느낀 놀라움 중 하나는

사람의 몸이 이미 스스로 치유할 준비가 되어 있다는 사실

이었다.

나는 단지

그 준비된 문을 살짝 열어주는 역할을 할 뿐이다.

몸은 늘 치유되고 싶어 한다.

그러나 치유되기 위해서는

먼저 '안전함'이 필요하다.

손을 얹는 순간

안전함이 전달되면

세포가 스스로 움직이기 시작한다.

어떤 근육은

저절로 풀리고,

어떤 경직은

미세하게 흔들리며 사라지고,

어떤 감정은

호흡과 함께 빠져나간다.

이것은 내가 만든 변화가 아니라

몸이 스스로 일으킨 변화다.

　　　　　　　　　

나는 그저

몸이 스스로 회복할 수 있도록

문을 열어주는 사람이다.

조용한 울음이 흘러내리던 날

내가 잊지 못하는 순간들이 있다.

한 고객은

내가 등을 가볍게 감싸듯 손을 올리자

아무 말 없이 조용히 울기 시작했다.

나는 그 눈물을

어떤 말로도 위로하지 않았다.

왜냐하면 그 눈물은

슬픔이 아니라 '해방'의 눈물이었기 때문이다.

그분의 등은 오랫동안 돌처럼 굳어 있었고,

세포는 말 그대로 숨어 있는 상태였다.

그러나 손끝이 온기를 전달하는 순간

세포는 벌어진 틈으로 한숨처럼 빠져나왔다.

그리고 울음이 흘렀다.

그 울음은

그분의 몸이 스스로 한 말이었다.

"이제 됐어. 조금만 쉬어도 괜찮아."

사람은 마음으로만 우는 것이 아니다.

몸도 운다.

몸이 먼저 울 때도 있다.

그 울음은 치유의 문이 열린 순간이다.

그 울음은 치유의 문이 열린 순간이다.

세포가 나를 신뢰하는 순간

나는 치유에서 가장 중요한 순간이

'세포가 나를 신뢰하는 순간'이라고 생각한다.

신뢰는 절대 강한 힘이나 기술로 만들어지지 않는다.

오직 마음과 손끝의 일치에서 탄생한다.

세포는 속이지 않는다.

내가 온전히 집중하지 않는 순간

세포는 바로 경직된다.

내 마음이 불안하면

세포가 미세하게 움츠러든다.

세포는 말이 없지만

가장 민감하고 정확한 느낌으로 반응한다.

그래서 나는 늘

세포가 나를 신뢰하는 순간을 기다린다.

그 순간 세포는

얼음처럼 굳어 있다가

햇살이 녹이는 눈처럼 부드럽게 변한다.

조용한 흐름이 생기고

손끝에서 온기가 번지고

세포의 리듬이 달라진다.

그 변화는

너무나 부드럽고 너무나 자연스러워서

가끔은 기적처럼 느껴진다.

진짜 변화는 '마음'이 아니라 '몸'에서 시작된다

사람들은 변화를 마음에서 시작하려 한다.

하지만 사실 변화는

몸에서 먼저 일어난다.

몸이 이완되면

마음은 저절로 풀리고,

몸이 안정되면

생각도 조용해지고,

몸이 따뜻해지면

감정도 따뜻해진다.

나는 이 단순한 진리를

수많은 몸을 보며 배웠다.

몸이 먼저 안정을 찾으면

마음은 그 안정 위에

새로운 감정을 싹틔운다.

그래서 나는

몸의 변화가 곧 마음의 변화이며,

몸이 열리면 마음도 열릴 수밖에 없다고 믿는다.

그날, 몸이 말한 "괜찮아요"

언젠가 한 고객이

관리 후에 이렇게 말한 적이 있다.

"관리사님,

오늘은 제 몸이 먼저 '괜찮아졌어요'

라고 말한 것 같아요."

나는 그 말을

아직도 잊지 못한다.

몸은 마음보다 먼저 괜찮아진다.

몸은 마음보다 먼저 회복된다.

몸은 마음보다 먼저 진실을 알고 있다.

그날 그 고객의 몸은

세포부터 시작된 작은 변화가

전신에 전해지고

마음으로까지 도달한 모습을 보여주었다.

나는 그 모습을 지켜보며

몸이 들려주는 변화의 언어가

얼마나 깊고 아름다운지 다시 깨달았다.

치유는 기술이 아니다, 관계다

결국 치유는
손과 세포가 만나는 관계이며,
그 관계에 담긴 신뢰와 따뜻함이
몸을 변화시키는 것이다.
기술은 도구이고,
관계가 본질이다.
나는 이 단순하지만 깊은 진리를
매일 몸을 통해 배운다.
손끝과 세포가 대화를 나누는 순간,
몸은 진실을 드러내고,
세포는 사랑을 기억하고,
마음은 조용히 자리로 돌아온다.
그 모든 과정은
말로 설명할 수 없을 만큼
아름답다.

몸은 사랑을 기억한다

사람의 몸을 오래 만지다 보면

나는 한 가지 분명한 진실을 발견하게 된다.

몸은 상처도 기억하지만,

사랑도 깊이 기억한다.

사랑은 추상적인 감정이 아니라

세포에 저장되는 아주 구체적인 기억이다.

따뜻함, 안전함, 존중, 온기—

이 모든 것은 세포에게 '사랑의 언어'로 전달된다.

세포가 사랑을 기억하는 순간,

그 몸은 다시 살아난다.

그리고 마음도 따라 살아난다.

세포는 사랑의 온도를 기억한다

내가 사람의 몸을 만질 때

가장 놀라운 순간은

세포가 따뜻함을 '기억해 내는' 순간이다.

차갑고 단단하게 닫혀 있던 근육이

손끝의 온도를 느끼는 순간

서서히 녹기 시작한다.

무거운 어깨 아래에서

이완의 파동이 올라오고,

한참이나 긴장해 있던 복부가

조용히 숨을 내쉬고,

굳어 있던 종아리가

작은 떨림과 함께 힘을 놓는다.

그 모든 변화는

세포가 사랑을 기억했다는 증거다.

사랑은 거창한 것이 아니다.

다정한 손길 하나,

조용한 기다림 하나,

비판하지 않는 시선 하나가

세포에게 사랑으로 기록된다.

세포는 잊지 않는다.
그리고 그 기억은
사람의 삶을 바꾸는 힘이 된다.

사람의 몸은 사랑받은 순간을 절대 잊지 않는다

사람은 머리로는 많은 것을 잊는다.

기억을 지우기도 하고,

감정을 숨기기도 하고,

아픔을 덮어두기도 한다.

하지만 몸은 다르다.

몸은 사랑받았던 순간을

절대 잊지 않는다.

내가 손을 얹고 부드럽게 감싸는 순간

어떤 몸은 즉시 반응한다.

그건 그 몸이

예전에 받았던 사랑을 기억하고 있기 때문이다.

세포는 이렇게 말하는 것 같다.

"아, 이 느낌 알아요.

이건 따뜻함이에요.

이건 안전함이에요."

사람은 마음보다

몸이 먼저 사랑을 떠올리는 경우가 많다.

그래서 오래된 상처가 많은 사람도

몸이 사랑을 느끼는 순간

마음이 조용히 풀어지기 시작한다.

마음이 조용히 풀어지기 시작한다.

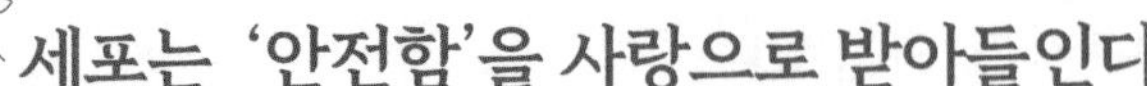

세포는 '안전함'을 사랑으로 받아들인다

사랑의 다른 이름은 '안전함'이다.

사람이 진짜 사랑을 느낄 때

가장 먼저 나타나는 변화는

몸의 긴장이 풀리는 것이다.

세포는 위협받는 환경에서는

절대 열리지 않는다.

그러나 안전하다고 느끼는 순간

세포는 즉시 문을 연다.

나는 자주 이런 순간을 본다.

어떤 고객의 등은

손끝이 닿기 전까지

벽처럼 굳어 있다.

하지만 손을 올리고

몇 초간 아무 움직임 없이

그저 존재만 전할 때

등이 아주 작은 숨을 내쉰다.

그 내쉼은

몸이 안전함을 받아들였다는 뜻이다.

그리고 그 안전함은

곧 사랑으로 저장된다.

몸은 사랑을 '느끼는' 것이 아니라

사랑을 '기억하는' 존재다.

사랑을 경험한 세포는 스스로 회복한다

나는 오랜 시간 동안

몸의 회복력을 관찰해 왔다.

회복은 기술로 일어나지 않는다.

회복은

사랑을 경험한 세포에서 시작된다.

세포가 사랑을 기억하게 되면

스스로 긴장을 내려놓고,

스스로 온도를 찾아가고,

스스로 부드러워진다.

이 과정은

어떤 테크닉보다도 빠르고 안정적이다.

세포는 살아있는 존재이며

사랑을 받아야 움직인다.

마치 꽃이 햇빛을 받아야 피듯

세포도 따뜻함을 받아야 열린다.

상처의 자리도 사랑을 기다리고 있다

많은 사람은

상처가 깊으면 몸이 더 굳어진다고 생각한다.

맞는 말이지만

반은 틀린 말이다.

상처의 자리일수록

사랑을 더 깊이 원한다.

오래 아픈 부위,

터치에 민감한 부위,

늘 얼어붙어 있는 부위는

사랑을 잃어버린 세포들이 모여 있는 곳이다.

그곳은 이렇게 말하고 있다.

"나도 괜찮아지고 싶어요."

"나도 사랑받고 싶었어요."

"오랫동안 혼자 아팠어요."

나는 그 자리들을

더 천천히, 더 조심스럽게, 더 따뜻하게 만진다.

그러면 상처의 세포들이

조금씩 마음을 연다.

처음에는 떨리고,

그 다음엔 버티고,

마지막엔 힘을 놓는다.

그 과정이 기적처럼 느껴진다.

사랑은 심장이 빨리 뛰는 감정만이 아니다.

사랑은 몸의 리듬을 바꾼다.

사랑을 경험한 세포는

호흡을 부드럽게 만들고,

근육을 따뜻하게 만들고,

몸의 흐름을 안정시킨다.

나는 그 변화를

수없이 많이 보아왔다.

어떤 고객은

처음 왔을 때 호흡이 빠르고 불규칙했다.

하지만 관리가 진행될수록

호흡이 점점 깊어지고 안정되었다.

그건 몸이 사랑의 리듬을 기억했다는 뜻이다.

몸이 사랑을 기억하면

삶의 속도마저 달라진다.

내면이 조용해지기 때문이다.

사랑은 결국 '살아낼 힘'을 준다

많은 사람이

몸이 편해지면 기분도 좋아진다고 말한다.

하지만 나는 거기서 더 나아가 말하고 싶다.

몸이 사랑을 기억하면

사람은 다시 '살아낼 힘'을 얻게 된다.

체력의 문제가 아니다.

근육의 문제가 아니다.

삶을 버티게 해주는 내면의 힘이다.

세포가 사랑을 기억하면

사람은 다시 하루를 살아갈 수 있게 된다.

사랑은 몸을 통해 마음으로 들어오고,

몸을 통해 삶으로 확장된다.

그래서 나는 말하고 싶다.

몸을 돌보는 일은

사람의 삶을 돌보는 일이라고.

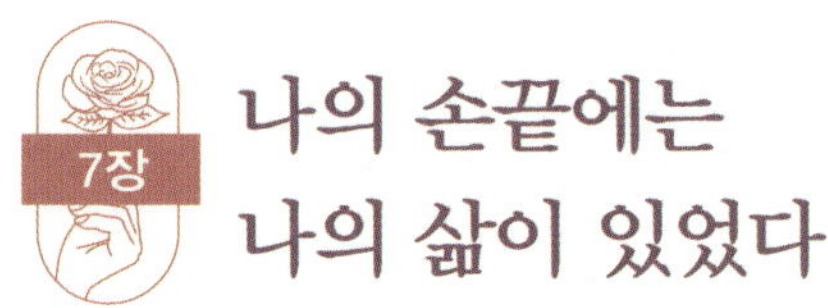

나의 손끝에는
나의 삶이 있었다

나는 사람의 몸을 오래 만지면서

한 가지 사실을 깊이 깨달았다.

내 손끝에는 나의 삶이 담겨 있다.

손끝은 단순히 기술을 수행하는 도구가 아니다.

손끝은 내가 살아온 시간, 겪어온 감정,

내가 경험한 상처와 회복까지 모두 담고 있는

나만의 '인생의 언어'다.

그래서 나는

손끝이 닿는 순간 전해지는 따뜻함이

결코 기술에서 나오는 것이 아니라는 것을 안다.

그 따뜻함은

내가 삶을 견디며 만들어 낸

내면의 온도에서 나온다.

내 손끝은 나의 과거를 알고 있다

나는 완벽한 사람도 아니고,

늘 강한 사람이었던 것도 아니다.

나 역시 흔들리며 살았고

무너지고 다시 일어서기를 반복했다.

힘들었던 날들은

손끝을 거칠게 만들지 않았다.

오히려 더 부드럽게 만들었다.

상처받았던 경험은

내 손끝에서 더 깊은 공감으로 피어났다.

아팠던 시간은

손끝에서 더 큰 따뜻함이 되어 흘러나왔다.

내 손끝은

내가 겪었던 슬픔을 기억하고 있고,

내가 느꼈던 외로움도 알고 있고,

내가 다시 일어서며 찾은 희망도 알고 있다.

그래서 나는 안다.

손끝으로 사람을 만진다는 것은

그 사람의 몸만이 아니라

그 사람의 마음을 함께 만지는 일이라는 것을.

내 손끝은 '내가 어떤 사람이었는지'를 말해준다

사람들은 종종 기술이 중요하다고 말하지만,

나는 기술보다 더 중요한 것이 있다고 믿는다.

그건 바로

관리하는 사람의 삶의 깊이다.

내가 삶을 어떻게 바라보는지,

어떤 마음으로 사람을 대하는지,

나 자신을 어떻게 돌봐왔는지가

그대로 손끝에 드러난다.

손끝은 거짓말을 하지 않는다.

내가 불안하면 손끝도 흔들리고,

내가 조급하면 손끝도 급해진다.

내가 따뜻하면 손끝도 따뜻해지고,

내가 안정되면 손끝도 깊어진다.

그래서 나는

내 손끝이 곧 '나'라고 생각한다.

손끝은

내가 살아온 삶의 방향을 전하고,

내가 믿는 가치관을 보여주고,

내가 가진 사랑의 크기를 드러낸다.

사람의 몸은 손끝의 진심을 알아본다

손끝으로 사람의 몸을 만지다 보면

가끔 놀라운 순간을 경험한다.

내가 조금이라도 산만한 마음으로 닿으면

몸은 즉시 긴장하며 문을 닫는다.

하지만 내가 온전히 집중하고

그 사람을 진심으로 바라보는 마음으로 닿으면

몸은 빠르게 반응한다.

세포가 열리고,

호흡이 깊어지고,

몸의 긴장이 녹아내리는 순간이 온다.

몸은 지혜롭다.

몸은 언제나 진심을 알아본다.

그리고 진심만 받아들인다.

그래서 나는

손끝으로 전달되는 사랑을

무엇보다도 소중하게 여긴다.

    PART 1 몸은 언제나 먼저 말한다

나의 삶이 손끝을 통해 누군가에게 닿는 순간

어떤 날은

손끝에서 내 인생이 흐르고 있음을 느낀다.

내가 이해받지 못해 혼자 버텼던 날들은

누군가의 등을 부드럽게 감싸는 손길이 되었고,

내가 스스로를 돌보지 못했던 시간들은

누군가의 아픈 자리를 오래 지켜주는 인내가 되었고,

내가 힘들 때 받은 작은 위로들은

누군가의 세포에 온도를 전하는 따뜻함이 되었다.

삶의 모든 순간은

결국 누군가에게 전해지는 방식으로

손끝에서 꽃을 피운다.

나는 그 사실을 깨닫고 나서

이 일이 더 이상 직업이 아니게 되었다.

이 일은

내 삶의 연장이고,

내 마음이 머무는 자리이며,

내가 세상과 소통하는 방법이다.

내 손끝은 사람을 사랑하는 마음으로 움직인다

사람의 몸을 만질 때

나는 결코 기술자가 아니다.

나는 사랑을 전하는 사람이다.

내 손끝이 부드러운 이유는

내가 그 사람을 조심스럽게 대하기 때문이고,

내 손끝이 깊은 이유는

그 사람의 고통을 이해하기 때문이고,

내 손끝이 따뜻한 이유는

그 사람의 삶을 온전히 존중하기 때문이다.

이런 마음이 쌓여

손끝에서도 전해진다.

고객들은 종종 이렇게 말한다.

"관리사님 손은 이상하게… 마음이 편해져요."

그 말은 늘 나를 멈추게 한다.

그리고 마음 깊은 곳에서 하나의 진실이 떠오른다.

내 손끝은 내 마음이다.

그리고 내 마음은 사람을 향하고 있다.

손끝으로 전하는 사랑이 누군가의 삶을 바꿀 수 있다

나는 이 일을 하면서

수없이 많은 순간을 보아왔다.

불안하던 사람이 편안해지고,

힘들던 사람이 고요해지고,

스스로를 미워하던 사람이

자기 자신을 조금 더 부드럽게 대하는 순간들.

모두 손끝에서 시작된 변화였다.

치유는 거창한 것이 아니다.

어쩌면 치유는

손끝에서 전해지는 한 조각의 사랑일지도 모른다.

그 사랑이

세포 하나를 바꾸고,

몸 전체를 바꾸고,

마음을 바꾸고,

삶을 바꾼다.

나는 그 기적 같은 순간들이

내 손끝에서 태어난다는 사실에

언제나 감사한다.

손끝이 전하는 말 : "나도 당신처럼 살아냈어요"

내가 사람을 만질 때

내 손끝은 이렇게 말하고 있는지도 모른다.

"나도 힘든 시간을 지나왔어요.

그래서 당신의 아픔이 느껴져요."

"나도 포기하고 싶던 날이 있었어요.

그래서 당신의 무게를 이해해요."

"나도 다시 일어섰어요.

그러니 당신도 괜찮아요."

이 말들은

언어로 하는 위로보다 더 깊다.

손끝으로 전해지는 말은

세포로 전달되고,

마음에 닿고,

삶에 스며든다.

이것이 내가

손끝으로 사람을 만지는 일을

평생 이어가고 싶은 이유다.

내 삶이 손끝에 있고,

그 손끝이 누군가를 치유하고,

그 치유가 다시 나를 치유한다.
그 순환이 얼마나 아름다운지
나는 매일 새롭게 느낀다.

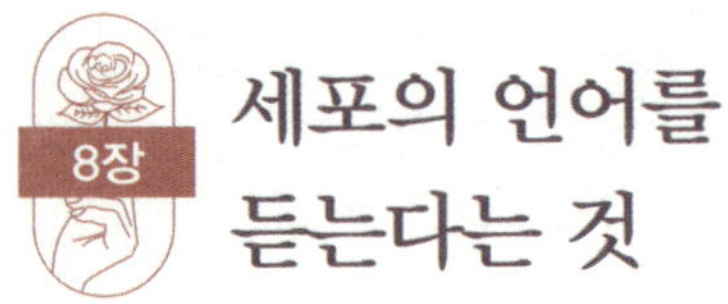 세포의 언어를 듣는다는 것

세포의 언어는

말도 소리도 아니다.

하지만 아주 명확하고,

아주 솔직하며,

아주 일관된 메시지를 가지고 있다.

나는 손끝으로 사람의 몸을 만질 때

근육의 모양이나

손힘의 깊이보다

세포가 보내는 작은 울림을 먼저 듣는다.

그 울림이 바로

세포의 언어다.

세포의 언어는 조용하지만 강하다

세포의 언어는

아주 작은 흔들림으로 시작된다.

마치 얇은 천이 바람 한 줄기에

살짝 흔들리는 것처럼,

근육 아래에서 아주 작게 떨린다.

이 떨림은

긴장, 두려움, 경직, 불안 등

수많은 감정을 품고 있다.

그 떨림이 커지면

몸 전체로 전달되고,

마침내 마음에도 영향을 준다.

사람은 종종

필요 이상으로 강해지려 하지만

세포는 언제나 정직하다.

세포는

"여기 아파요."

"여기 너무 힘들었어요."

"이제 조금 쉬고 싶어요."

와 같은 메시지를

아주 부드럽게, 그러나 깊이 전달한다.

나는 그 세포의 말들을

한 글자도 놓치지 않으려는 마음으로 듣는다.

세포의 언어는 처음에 '저항'으로 나타난다

세포의 첫 번째 반응은

대부분 저항이다.

등을 만지면 근육이 굳고,

어깨를 만지면 딱딱하게 버티고,

복부를 만지면 움찔하며 숨을 멈춘다.

이 저항은

나를 거부하는 것이 아니다.

그저 몸이

"아직은 무서워요."

"아직은 열 준비가 안 되었어요."

라고 말하는 것뿐이다.

저항은 몸의 방어이고,

몸의 방어는 마음의 방어다.

그 방어를 억지로 풀려고 하면

세포는 더 강하게 저항한다.

그래서 나는

싸우지 않는다.

힘으로 밀어붙이지 않는다.

세포와 경쟁하지 않는다.

나는 그저 기다린다.
그 방어가 내 앞에서
조용히 풀리기를.

세포는 '기다림'을 사랑한다

세포는 조급함을 싫어한다.

세포는 서두름을 무서워한다.

그러나 세포는

기다림을 사랑한다.

기다림 속에서

몸은 조금씩 안전하다고 느끼고,

세포는 조심스럽게 마음을 연다.

어떤 고객의 등은

몇 분 동안 단단한 돌처럼 느껴진다.

하지만 손끝에서

아무런 힘도, 강요도 하지 않고

그냥 기다리면,

갑자기 등 아래에서

조용한 진동이 올라온다.

그 진동은

"이제 괜찮아요. 나, 열어볼게요."

라고 말하는 순간이다.

세포는 기다림을 통해

스스로 이완을 선택한다.

이 자발적인 이완이야말로
가장 깊고 가장 오래가는 변화다.

이 자발적인 이완이야말로
가장 깊고 가장 오래가는 변화다.

세포의 언어는 '온도'로도 표현된다

세포는 온도를 통해 많은 말을 전한다.

어떤 곳은 차갑다.

그 차가움은

오랫동안 돌봄을 받지 못했던 곳이다.

어떤 곳은 뜨겁다.

그 열기는

스트레스와 긴장이 오래 머문 자리다.

어떤 곳은 따뜻하다.

그 따뜻함은

사랑과 안전함이 닿았던 기록이다.

내 손끝에서

세포의 온도가 변하는 순간이 있다.

차갑던 곳이

조금씩 온기를 찾고,

뜨겁던 곳이

조용히 진정되며,

긴장하던 곳이

부드럽게 풀려간다.

세포는 온도로 말하고

나는 온도로 듣는다.

나는 온도로 듣는다.

세포는 '호흡'으로 대답한다

어떤 고객은

손끝이 닿기만 해도

호흡이 달라진다.

그 변화는 아주 미세하지만

세포의 대답이 분명히 느껴진다.

짧고 빠른 호흡은

세포가 긴장하고 있다는 뜻이고,

길고 느린 호흡은

세포가 이완되었다는 신호이며,

불규칙한 호흡은

감정이 떠오르고 있다는 표현이다.

나는 그 호흡을 통해

세포와 대화한다.

"괜찮아요, 그대로 두세요."

"조금만 더 숨 쉬어볼까요?"

"이제 편안해졌어요."

몸은 말이 없지만

호흡은 몸의 언어다.

그리고 호흡은

세포의 변화를 가장 정확하게 보여준다.

세포는 '안전함'을 느껴야만 말을 시작한다

세포의 언어를 듣는 일은

사람의 비밀을 듣는 것과 같다.

세포는 절대

낯선 사람 앞에서

마음을 열지 않는다.

세포가 말을 시작하는 순간은

몸이 완전히 안전하다고 느낄 때뿐이다.

그래서 나는

어떤 기술보다 먼저

안전함을 만든다.

천천히 손을 얹고,

서두르지 않고 기다리고,

존중하는 마음으로 바라보고,

그 사람의 리듬에 내 리듬을 맞춘다.

안전함이 생기는 순간

세포는 말한다.

어떤 세포는

"고마워요"라고 말하는 듯 따뜻해지고,

어떤 세포는

"조금만 더 도와주세요"라고 말하는 듯 떨리고,

어떤 세포는

"이제 괜찮아졌어요"라고 말하는 듯 부드러워진다.

세포가 말할 때

나는 그저 조용히 듣는다.

그것이 치유의 본질이기 때문이다.

세포의 언어는 삶의 언어다

세포의 언어는

그 사람의 삶을 보여준다.

몸에서 나는 떨림은

버티느라 힘들었던 시간이고,

근육의 경직은

혼자 감당해야 했던 책임이고,

뜨거운 부위는

참아내느라 흘리지 못한 울음이다.

그리고

부드럽게 풀리는 부위는

그 사람이 드디어 사랑을 허락한 자리다.

세포는 삶을 기억하고

그 삶을 몸에 새긴다.

나는 그 세포의 언어를 읽으며

그 사람의 마음을 다시 본다.

세포의 언어를 듣는다는 것은 결국...

세포의 언어를 듣는다는 것은

단순히 몸을 읽는 일이 아니다.

세포의 언어를 듣는다는 것은

그 사람의 마음을 존중하는 일이고,

그 사람의 역사를 이해하는 일이며,

그 사람의 상처를 판단하지 않는 일이다.

그리고 무엇보다도,

그 사람의 존재 전체를

사랑하는 방식이다.

세포는 말한다.

나는 듣는다.

그리고 우리는 함께 치유를 만든다.

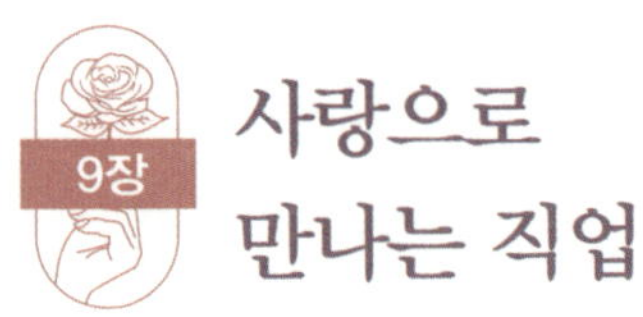

사랑으로
만나는 직업

사람들은 내가 하는 일을 종종

'마사지', '관리', '시술'이라고 부른다.

하지만 나는 이 일을

단 한 번도 그렇게만 생각한 적이 없다.

내가 이 길을 걷는 이유는

내가 사람의 '몸'을 만지기 때문이 아니라,

사람의 '마음'을 만나기 때문이다.

그리고 무엇보다도,

나는 이 일을 사랑으로 하고 있다.

이 일은 단순한 기술이 아니라 '사람을 만나는 일'이다

기술은 배울 수 있다.

방법은 익힐 수 있다.

힘을 넣는 법, 근육의 구조, 촉진의 방향…

이 모든 것은 연습하면 된다.

그러나 사람을 이해하는 마음,

그 마음을 손끝으로 전하는 따뜻함,

몸을 통해 마음을 보는 깊이는

가르쳐지는 것이 아니라

스스로 자라나는 것이다.

나는 매일

한 사람의 몸 앞에 마주 앉는다.

그 몸 안에 담긴

그 사람의 역사, 감정, 상처, 희망을

조용히 느끼며 손끝을 올린다.

이건 기술이 아니라

사람을 만나는 방식이다.

몸은 나에게 마음을 맡기고, 마음은 나에게 몸을 맡긴다

나는 고객에게

언제나 한 가지를 느낀다.

그들은 단순히

근육의 긴장을 풀기 위해 오는 것이 아니다.

그들은

마음이 쉴 곳을 찾고,

누군가에게 조용히 기대고 싶고,

자기 자신을 다시 느끼고 싶어서 온다.

그 순간

몸은 나에게 마음을 맡기고,

마음은 나에게 몸을 맡긴다.

나는 그 신뢰를

전부 다 품고

한 사람의 몸을 대한다.

그 신뢰는

그 무엇과도 바꿀 수 없는 귀한 선물이다.

사람의 몸을 만질 때, 나는 그 사람의 삶을 만진다

어떤 사람의 어깨는

삶의 무게를 오래 견뎌온 모양을 하고 있다.

어떤 사람의 허리는

책임과 희생으로 단단해져 있고,

어떤 사람의 복부는

제자리로 돌아오지 못한 감정들로 굳어 있다.

나는 그 몸을 만질 때

그 사람의 삶 자체를 만지고 있다는 것을 느낀다.

그 삶을 존중하지 않고

그 사람을 이해하지 않고

그 몸을 만질 수는 없다.

내가 손끝에서 조심스러워지는 이유도

바로 그 때문이다.

몸은 단순한 신체가 아니라

한 사람의 인생이기 때문이다.

사람은 본래 사랑스러운 존재이다

이 일을 하며

나는 수많은 사람의 몸을 보았다.

그 누구도 완벽하지 않았지만,

그 누구도 사랑스럽지 않은 사람은 없었다.

사람의 연약함,

가려진 상처,

버텨온 시간,

지나온 흔적—

그 모든 것이

사람을 사랑스럽게 만들었다.

나는 그 사랑스러움을

손끝에서 느낄 때마다

이 일을 하길 잘했다고 생각한다.

사람은 본래 사랑스러운 존재다.

다만 스스로 잊고 살아갈 뿐이다.

나는 그 사실을

다시 돌려주는 사람이다.

이 일은 소명이다 – 누군가의 삶을 다시 일으키는 손길

어떤 고객은

몸이 편안해지는 순간

마음이 살아나고,

마음이 살아나면

삶의 방향을 다시 찾는다.

나는 그런 순간을 수없이 보았다.

몸은 단순히

근육을 위한 것이 아니다.

몸은 삶을 다시 움직이게 하는

가장 깊은 기반이다.

내 손끝이

누군가의 몸을 부드럽게 하고,

그 몸이 다시 마음을 열고,

그 마음이 다시 삶을 향하게 된다면,

그건 그 사람의 인생이

조용히 다시 시작되는 순간이다.

이 일을 소명으로 느끼는 이유가

바로 여기에 있다.

사랑으로 일하는 사람의 손끝은 절대 흔들리지 않는다

사람의 몸을 만질 때

나는 절대 서두르지 않는다.

불안해하지도 않는다.

흔들리지도 않는다.

왜냐하면 나는

사람을 사랑하는 마음으로 움직이기 때문이다.

사랑으로 하는 일은

중압감이 아니라 안정감을 준다.

두려움이 아니라 부드러움이 되고,

부담이 아니라 책임감이 된다.

내 손끝이 안정적인 이유는

내가 기술을 잘해서가 아니라

내 마음이 그 사람을 향하고 있기 때문이다.

사람은 사랑을 느끼면

몸 전체가 이완된다.

그리고 그 이완이

세포를 바꾸고,

몸을 바꾸고,

삶을 바꾼다.

　　　　　　　　　　　　PART 1 몸은 언제나 먼저 말한다

이 길을 선택한 이유와 이 길을 계속 걷는 이유

나는 이 일을 선택했지만

어느 순간

이 일이 나를 선택한 것처럼 느껴졌다.

'사람의 몸을 만진다'라는 사실이

더 이상 직업이 아니라

나의 존재와 연결된 일이 되었다.

누군가의 몸이

내 손끝에서 편안해지고,

마음이 열리고,

삶이 다시 움직이기 시작하는 순간—

그 모든 순간들이

나를 이 길 위에 계속 서 있게 한다.

이 길은 쉽지 않다.

그러나 이 길은 너무나 아름답다.

나는 앞으로도

손끝으로 사람을 만나고,

세포의 말을 듣고,

마음을 품으며 살아갈 것이다.

이 일이

내가 세상에 전할 수 있는
가장 진실한 사랑이기 때문이다.

삶이 손끝이 되기까지
(나의 인생, 배움, 사명)

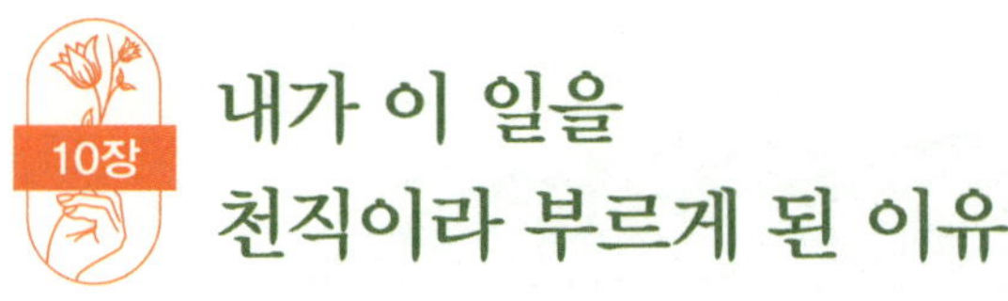

내가 이 일을
천직이라 부르게 된 이유

나는 마흔이 훌쩍 지난 뒤에 이 일을 시작했다.

세상이 말하는 '늦은 시작'이었을지도 모른다.

하지만 내 삶의 시간표에서는, 그때가 정확한 순간이었다.

이 일은 내가 스스로 선택한 것 같지만,

사실은 언니가 내 손에 쥐여 준 삶이었다.

지금은 이 세상에 없는, 고인이 된 내 언니가 전해준 일.

그 언니의 손길과 말투, 숨결 같은 것이 이 일 속에 아직도
남아 있다.

사람의 몸을 만지는 일은 기술 이전에 마음을 건네는 일이
라는 것을

나는 언니를 통해 배웠다.

아픈 곳보다 먼저 지친 마음을 읽고,

말보다 먼저 손으로 위로하는 법을.

그래서일까.

이 일은 나에게 노동이 아니라 삶이 되었고,

직업이 아니라 사명이 되었다.

사람들은 말한다.

자기가 좋아하는 일을 하며 사는 사람이 복 받은 사람이라고.

나는 그 말이 참이라고 믿는다.

나는 매일 누군가의 몸을 돌보지만,

그 시간을 통해 가장 많이 회복되는 사람은 어쩌면 나 자신

인지도 모른다.

손끝에서 전해지는 체온 하나로,

내 삶이 아직 누군가에게 필요하다는 사실을 느끼기 때문이다.

이 일을 하며 나는 깨달았다.

천직이란 처음부터 잘할 수 있는 일이 아니라,

해도 해도 싫증 나지 않고

힘들어도 놓고 싶지 않은 일이라는 것을.

늦게 시작했지만,

그래서 더 단단하게 사랑할 수 있었고

더 깊이 감사할 수 있었다.

언니가 남기고 간 이 길 위에서

나는 오늘도 누군가의 몸을 어루만지며 살아간다.

그리고 조용히 속으로 말한다.

나는, 참 행복한 사람이라고….

언니, 잘 지내고 있지요?

나는 오늘도 이 일을 하며 언니를 생각합니다.

손을 씻고, 호흡을 가다듬고, 한 분 한 분을 대할 때마다

언니의 목소리가 아직도 귀에 남아 있어요.

처음 이 일을 배울 때

언니는 참 엄격했지요.

혹시라도 내가 이 일을 감당하지 못할까 봐,

사람의 몸을 가볍게 대할까 봐

조금의 빈틈도 허락하지 않았던 것, 이제는 압니다.

언니가 직접 관리를 받아보시면서 관리가 마음에 안 들면

"다시 해."

정확하지 않으면

"또다시 해."

그 말이 서운했던 날도 있었어요.

왜 이렇게까지 해야 하나,

내가 그렇게 믿음이 없나,

혼자 마음속으로 울었던 적도 있었지요.

하지만 언니는 알고 있었겠지요.

사람의 몸을 맡는 일은

기술보다 태도가 먼저라는 것을.

한 번의 대충이

누군가의 하루를, 삶을 다치게 할 수 있다는 것을.

두 달이 지났을 때

언니가 처음으로 그렇게 말했지요.

"이젠 너, 이 일 할 수 있겠다."

"믿을 만하다."

그 한마디에

나는 처음으로 이 일이 두렵지 않아졌어요.

그날 이후로

나는 내 손을 믿을 수 있게 되었고,

이 길을 계속 걸어도 되겠다는 용기를 얻었어요.

지금 나는 이 일을 기쁘게 하고 있어요.

힘든 날도 있지만

그만두고 싶다는 생각은 한 번도 들지 않았어요.

아마 그건,

언니가 내 손에 단단한 기준을 남겨 주었기 때문이겠지요.

하늘나라에서

지금의 나를 본다면

언니는 아마 이렇게 말할 것 같아요.

"그래, 잘하고 있다."

"참 기특하다."

그 말 한마디면

나는 또 오래 이 일을 할 수 있을 것 같아요.

언니,

내가 이 일을 사랑할 수 있게 해 줘서 고마워요.

내가 흔들리지 않게

엄격함이라는 사랑을 남겨 줘서 고마워요.

나는 오늘도

언니에게 배운 그대로

사람의 몸을, 마음을 대하며 살아갑니다.

그리고 조용히 말해요.

언니, 나 잘하고 있지요?

     PART 2 삶이 손끝이 되기까지

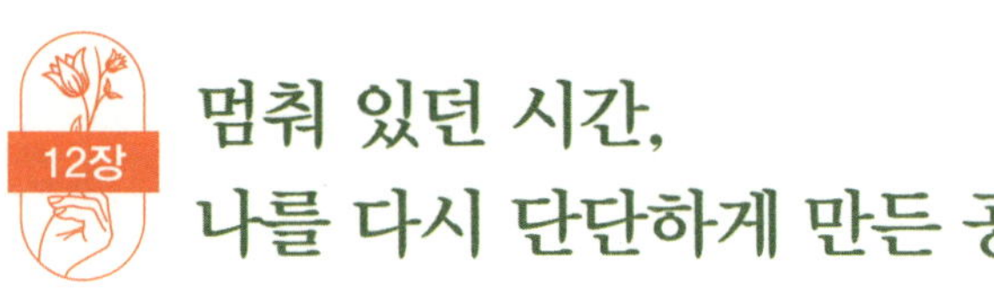

멈춰 있던 시간,
나를 다시 단단하게 만든 공부

나는 이 일이 재미있었다.

하루가 빠르게 지나가고,

사람을 만나는 시간이 지치지 않았다.

그래서 오래 해도 괜찮겠다고 생각했다.

그러던 어느 날, 코로나가 닥쳤다.

호텔에서 일하던 나의 일상도

나라의 정책 앞에서 갑자기 멈췄다.

의지와는 상관없이

강제로 주어진 두 달의 휴식이었다.

처음엔 막막했다.

쉬라는 말이 이렇게 무거울 수 있다는 것을

그때 처음 알았다.

아무것도 하지 않는 시간이

나를 더 불안하게 만들었다.

그래서 스스로에게 물었다.

'이 시간에 나는 무엇을 할 수 있을까.'

그 답은 공부였다.

나는 비대면으로 아나토미(해부학)를 수강했고,

대면으로는 요양보호사 자격증을 준비했다.

몸의 구조를 다시 배우고,

돌봄의 책임을 제도 안에서 이해하는 시간이 필요하다고 느꼈다.

두 달은 짧았지만

그 시간은 나를 전혀 다른 사람으로 만들었다.

해부학을 공부한 뒤

나는 회원님들의 몸을

이전보다 더 정확하게, 더 자신 있게 대할 수 있게 되었다.

신기하게도 회원님들은 먼저 알아보았다.

"관리가 더 좋아졌어요."

"예전보다 더 따뜻해졌네요."

"이제는 관리가 맛있어요."

그 말들은 기술에 대한 칭찬이 아니라

내 태도에 대한 평가처럼 들렸다.

공부는 손의 힘을 바꾸지 않았지만

손이 향하는 방향을 바꾸어 놓았다.

그때 나는 분명히 알았다.

사람을 다루는 일에서

공부는 차갑게 만드는 것이 아니라

오히려 따뜻함을 깊게 만든다는 것을.

그래서 나는 믿는다.

삶이 어렵고, 일이 막히고,
내가 작아지는 순간이 오면
그때는 도망치지 말고
책상 앞에 앉아야 한다는 것을.
나에게 공부는
더 잘하기 위한 선택이 아니라
다시 나답게 일하기 위한 방식이었다.

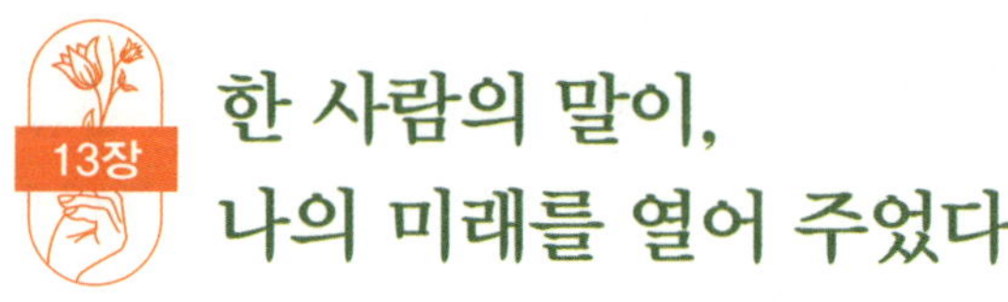

13장 한 사람의 말이, 나의 미래를 열어 주었다

어느 날,

내 관리를 받아 오던 한 언니 회원님이 조심스럽게 말을 꺼

내셨다.

"지금 하시는 일은 참 좋은데요,

일만 해서는 발전이 없어요.

미래를 위해서는 사람도 만나고, 교제도 하고,

세상을 넓게 봐야 해요."

그 말은 충고라기보다

나를 걱정하는 진심처럼 들렸다.

그리고 그분은 한 곳을 추천해 주셨다.

모 대학교의 CEO 과정이었다.

큰 기대 없이 시작했지만

그곳에서 보낸 1년은 내 생각의 틀을 완전히 바꾸어 놓았다.

경영, 리더십, 삶을 바라보는 관점에 대한

여러 특강을 들으며

나는 처음으로 이런 생각을 했다.

'나도 언젠가는 내가 해온 이 일을

말로, 강의로 전하고 싶다.'

그래서 담당 교수님께 조심스럽게 여쭈었다.
강의를 하려면 어떤 준비가 필요하냐고.
교수님은 담담하게 말씀하셨다.
"적어도 석사 학위 정도는 있어야 합니다."
그 말 앞에서
나는 잠시 멈춰 섰다.
내가 가진 것은
전문대 졸업장이 전부였기 때문이다.

그때 김 교수님이 나에게
단호하게 말씀하셨다.
"4년제 대학부터 다시 하세요."
망설임 없는 그 한마디는
나를 현실로 돌아오게 하면서도
앞으로 나아가게 했다.
나는 결심했고,
대학교 평생학습 경영학과에 편입했다.
쉽지 않은 길이었다.
일을 병행하며 공부하는 2년은
길고도 치열했다.
하지만 나는 물러서지 않았다.
그 시간 동안

나는 나 자신에게 부끄럽지 않기 위해 공부했고,

결국 우수한 성적으로

2025년에 졸업했다.

그리고 지금,

나는 대학에서

경영 MBA 석사 과정을 공부하고 있다.

늦게 시작했지만

그만큼 절실했고,

그래서 배움 하나하나가 모두 삶으로 연결되고 있다.

내가 이 길을 가는 이유는 분명하다.

졸업 후에는

지금 내가 하고 있는 이 일을

스스로 관리하고, 지켜내고,

오래 지속할 수 있도록 돕는 사람이 되고 싶다.

누군가의 인생을 돌보는 일은

혼자만의 열정으로는 오래 갈 수 없다.

그래서 나는 이제

현장 위에 학문을 올리고,

손 위에 기준을 더하려 한다.

돌아보면

모든 시작은

　　　　　　　　　　　　PART 2 삶이 손끝이 되기까지

한 회원님의 한마디였다.

그 말이 없었다면

나는 아직도 같은 자리에 머물러 있었을지도 모른다.

사람은 사람을 통해 성장한다는 말이

이제는 내 삶의 진실이 되었다.

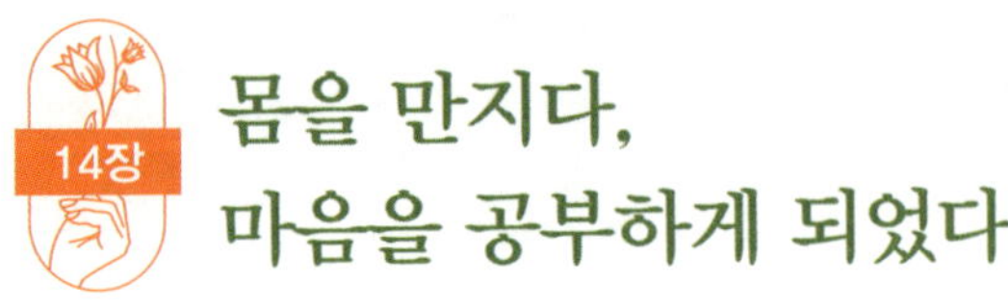

14장 몸을 만지다, 마음을 공부하게 되었다

회원님들을 관리하다 보면

어느 순간부터 나는 몸만 보고 있지 않다는 걸 깨달았다.

똑같이 아픈 어깨여도

누군가는 피로 때문이었고,

누군가는 외로움 때문이었다.

손은 같은 동작을 하고 있었지만

몸이 풀리는 속도는

마음의 상태에 따라 달라졌다.

그 차이를 느낀 순간,

나는 더 이상 기술만으로는 부족하다는 생각이 들었다.

그래서 마음을 공부하기로 했다.

사람의 몸을 만지는 사람이

마음에 대해 무지해서는 안 된다고 느꼈기 때문이다.

나는 심리상담사 과정을 시작했고,

이어 노인심리상담사, 성 심리상담사,

아동·청소년 심리상담사 자격증까지 취득했다.

연령도, 상황도, 아픔의 결도 다른 마음들을 이해하고 싶었다.

공부를 할수록

회원님들의 말 사이에 숨겨진 감정이 들렸고,
침묵 속에 있는 신호들이 보이기 시작했다.
말하지 않아도
몸이 먼저 털어놓는 이야기들이 있었다.
또 하나의 확장은 향기였다.
몸과 마음이 동시에 이완되는 순간을 만들고 싶어
아로마 오일 관리에 대해 깊이 배우기 시작했고,
아로마 전문가 자격증을 취득했다.

그때 나는 알았다.
향기는 단순한 보조가 아니라
감정을 여는 열쇠가 될 수 있다는 것을.
어떤 향은 긴장을 내려놓게 했고,
어떤 향은 오래 묻어두었던 기억을 불러냈다.
이제 나의 관리는
근육을 푸는 시간에서
삶을 잠시 쉬게 하는 시간으로 바뀌었다.
몸을 어루만지며
마음을 다치지 않게 배려하는 일.
나는 더 잘 만지기 위해서가 아니라
더 조심스럽게 관리하기 위해 공부했다.
그 선택은

내 관리에 깊이를 주었고

회원님과 나 사이에 신뢰라는 시간을 쌓아 주었다.

결국 이 일은

사람을 다루는 일이었다.

몸으로 시작했지만

마음으로 완성되는 일.

그래서 나는 지금도

새로운 기술보다

사람을 이해하는 공부를 먼저 선택한다.

그것이 내가 이 일을

오래, 그리고 바르게 하고 싶은 이유다.

    PART 2 삶이 손끝이 되기까지

배움은 사랑에서 시작되어, 신뢰로 완성되었다

경락 치유는

내가 책으로 먼저 배운 기술이 아니었다.

돌아가신 언니에게서

손으로, 태도로, 삶으로 배운 것이었다.

그것은 전수라기보다

살아 있는 시간의 전달에 가까웠다.

나는 그 배움을 소중히 간직하고 있었지만

한편으로는 늘 마음 한구석이 조심스러웠다.

아무리 제대로 배웠다고 해도

회원님들께는

'전문가'라는 분명한 기준이 필요하다는 것을 알았기 때문
이다.

나는 회원님들이

불안 없이, 의심 없이

내 손에 몸을 맡길 수 있기를 바랐다.

그래서 선택한 것이 공부였다.

나는 경락 강사 자격증을 취득했고,

스웨디시 강사 자격증,

산모관리 강사 자격증까지 이어서 준비했다.

기술을 증명하기 위함이 아니라

신뢰를 설명할 수 있는 언어를 갖기 위해서였다.

그 과정은 쉽지 않았지만

놀랍게도 나를 가장 많이 응원해 준 사람들은

회원님들이었다.

"공부하는 모습이 참 보기 좋아요."

"더 믿음이 가요."

그 말 한마디 한마디가

나를 다시 책상 앞으로 앉게 했다.

그 응원 덕분에

공부는 의무가 아니라 기쁨이 되었고,

일은 더 신나고 행복한 시간이 되었다.

지금의 나는

언니에게 배운 전통 위에

전문성을 차곡차곡 올려놓은 사람이다.

그 두 가지가 함께 있을 때

치유는 더 깊어지고

신뢰는 오래간다는 것을 배웠다.

나는 더 이상

'잘하는 관리사'에 머물고 싶지 않았다.

회원님들이 안심하고 몸을 맡길 수 있는
'설명할 수 있는 전문가'가 되고 싶었다.
그리고 지금,
그 길을 걷고 있다는 사실이
나를 참 기쁘게 한다.

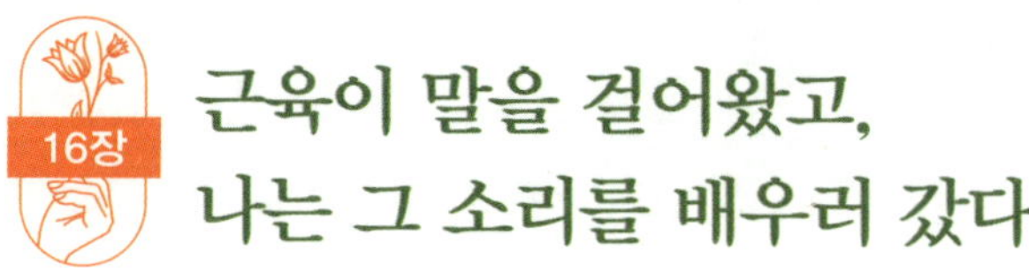

근육이 말을 걸어왔고,
나는 그 소리를 배우러 갔다

근육이 너무 궁금했다.

왜 같은 통증인데 사람마다 다르게 느껴지는지,

왜 어떤 몸은 쉽게 풀리고 어떤 몸은 끝내 버티는지.

그 이유를 알고 싶어

나는 어느 날 서점으로 향했다.

그곳에서 한 권의 책을 만났다.

근육을 어렵지 않게, 그러나 가볍지 않게 이야기하는 책이

었다.

페이지를 넘길수록

'이건 꼭 배워야 한다'라는 확신이 들었다.

그래서 나는 대전에서 서울로 길을 오가기 시작했다.

월요일과 화요일에는 석사 과정을 공부하고,

일요일이면 다시 서울로 올라가 근육을 배웠다.

일정은 빽빽했지만

이상하게도 공부가 힘들지 않았다.

오히려 공부 시간은 늘 흥분되었다.

새롭게 알게 된 이론 하나,

몸의 연결 구조 하나가

　　　　　　　　　

머릿속에서 바로 회원님들의 몸으로 이어졌기 때문이다.

'이건 이렇게 적용하면 좋겠다.'

그 생각만으로도 마음이 설레었다.

나는 체형관리사 자격을 취득했고,

안면 특수 윤곽 관리를 수료했다.

이어 카이로프랙틱까지 공부하며

몸의 균형과 얼굴의 노화가

서로 얼마나 깊게 연결되어 있는지도 알게 되었다.

그 과정에서

나는 스스로가 참 기특하다고 느꼈다.

회원님의 몸도, 마음도,

틀어진 체형도,

시간과 함께 진행되는 얼굴의 노화도

조금 더 천천히 가도록 도와줄 수 있게 되었기 때문이다.

무엇보다 기뻤던 것은

회원님들이 이곳저곳을 전전하며

힘들게 관리받지 않아도 된다는 사실이었다.

한 사람의 몸을

하나의 흐름으로 바라볼 수 있게 된 것이다.

회원님들은 말했다.

"관리가 정말 좋아요."

"몸이 달라진 게 느껴져요."
그 말을 들을 때마다
나는 더 조심스러워졌고
더 깊이 몸을 보게 되었다.
몸이 말하는 신호가
점점 또렷하게 들렸고,
막힌 곳은 숨길 수 없을 만큼 분명해졌다.
나는 회원님을 '치료'한다고 생각하지 않는다.
다만,
회원님의 몸이 스스로 면역력을 찾고
회복의 방향으로 움직일 수 있도록
옆에서 돕는 사람이라고 생각한다.

그것이 내가 믿는 치유다.
내 손이 낫게 하는 것이 아니라,
그분의 몸이 스스로 살아나도록
길을 열어주는 것.
그 사실을 알게 된 지금,
나는 이 일이 더없이 소중하다.
그리고 오늘도
몸의 이야기에 귀 기울이며
기쁘게, 감사하게 이 일을 하고 있다.

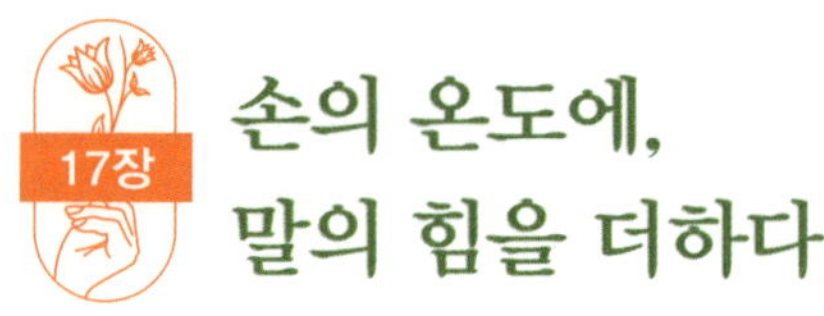

17장

손의 온도에, 말의 힘을 더하다

회원님들을 대하다 보니

어느 순간부터 나는 이런 생각을 하게 되었다.

몸을 편안하게 해 드리는 것만으로는 부족하다는 것.

손이 닿지 않는 시간에도

회원님들 안에 남아 있을

긍정적인 영향력과 맑은 기운을 전하고 싶어졌다.

그래서 나는 말의 힘을 배우러 갔다.

어떤 말이 사람을 안심시키는지,

어떤 어조가 긴장을 풀어주는지,

어떤 한 문장이 하루의 방향을 바꿀 수 있는지 알고 싶었다.

그 배움의 끝에서

스피치 지도사 자격증을 받았다.

말을 배우고 나니

관리실의 공기가 달라졌다.

설명이 또렷해졌고,

침묵은 어색하지 않게 이어졌으며,

회원님들은 더 편안하게

자신의 몸과 마음을 맡기기 시작했다.

하지만 나는 거기서 멈추지 않았다.
이번에는 나 자신을 더 단련하고 싶어졌다.
그래서 캘리그래피 지도사 과정을 시작했다.
한 획, 한 획에 집중하는 시간은
나를 조급함에서 멀어지게 했고,
마음을 고요하게 만드는 훈련이 되었다.

글씨를 쓰며 나는 배웠다.
속도가 아니라 결이 중요하다는 것,
크게 드러내지 않아도
진심은 충분히 전달될 수 있다는 것.
그 배움은 다시
회원님을 대하는 태도로 돌아왔다.
이렇게 나의 공부는
항상 회원님들에게로 향한다.
더 잘 말하기 위해,
더 잘 듣기 위해,
더 따뜻하게 연결되기 위해서다.
나는 공부가 힘들지 않다.
오히려 즐겁다.
배움은 나를 멀리 데려가는 것이 아니라
사람에게 더 가까이 가게 해주기 때문이다.

그래서 오늘도

나는 기꺼이 배우는 사람으로 산다.

회원님들과의 소통을 위해,

그리고 그 만남이

조금 더 맑고 건강한 에너지로 남기를 바라며.

   PART 2 삶이 손끝이 되기까지

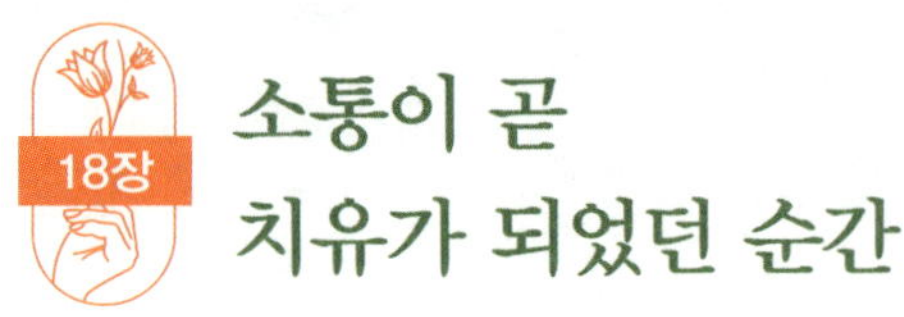

소통이 곧
치유가 되었던 순간

어느 날, 관리 베드에 누운 한 회원님이 계셨다.

몸은 크게 아프지 않다고 했지만

어깨는 유난히 굳어 있었고 호흡은 얕았다.

나는 평소보다 손을 천천히 움직이며

말의 속도도 함께 낮췄다.

"지금 이 순간만큼은 아무것도 잘하려고 하지 않으셔도 돼요."

그 말 한마디가 끝나자 회원님의 숨이 길어졌다.

관리는 그날 유난히 조용했다.

설명도, 질문도 최소한으로 줄였다.

대신 필요한 말만 부드럽게 건넸다.

손과 말이 서로 방해하지 않도록.

잠시 후, 회원님이 낮은 목소리로 말했다.

"여기 오면 제가 다시 제 몸으로 돌아오는 느낌이 들어요."

그 말에 나는 손을 멈추지 않은 채

고개만 살짝 끄덕였다.

치유는 이미 시작되고 있었기 때문이다.

그날의 관리는 기술적으로 특별할 것은 없었다.

하지만 나는 분명히 느꼈다.

말이 마음을 열었고, 마음이 몸을 풀어주었다는 것을.

그 이후로 나는 믿게 되었다.

소통은 설명이 아니라 안심이라는 것을.

그리고 그 안심이 때로는 가장 깊은 치유가 된다는 것을.

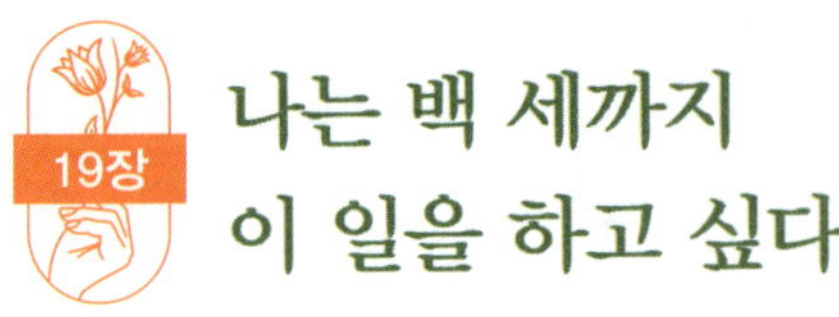

나는 백 세까지
이 일을 하고 싶다

나는 이 일을 백 세까지 하고 싶다.

체력이 허락하는 한,

손과 마음이 함께 움직일 수 있는 한

나는 이 자리를 떠나고 싶지 않다.

그 이유는 단순하다.

요즘 사람들은

자기 이야기를 하고 싶어 하는 분들이 많기 때문이다.

관리를 하다 보면

몸보다 먼저 말이 풀리는 순간이 있다.

처음에는 가벼운 안부로 시작하지만

어느새 마음 깊숙이 담아 두었던 이야기들이

조심스럽게 흘러나온다.

누군가에게 자랑하고 싶었던 이야기,

말하지 못했던 슬픔,

끝내 놓지 못한 미움,

그래도 아직 품고 있는 희망.

나는 그 이야기를 해결해 주지는 못한다.

다만,

안전하게 내려놓을 수 있도록
곁에 앉아 있을 뿐이다.

신기하게도
마음이 가벼워지면 몸도 함께 풀린다.
그리고 회원님들의 얼굴에는
'다시 살아도 괜찮겠다'라는 표정이 돌아온다.
나는 그 순간을 사랑한다.
그분들이
자기 삶을 다시 껴안을 수 있게 되는 순간을.
그래서 나는
노년을 위한 공부를 시작했다.
실버 두뇌 훈련 지도사,
실버 인지 놀이 지도사,
노인 문학 활동 지도사 자격증을 취득했다.
나이가 들수록
사람은 더 표현해야 한다고 믿기 때문이다.
말로, 글로, 놀이로
자기 안에 남아 있는 이야기를 꺼내놓아야
마음이 굳지 않고,
생각이 흐르고,
치매도 멀어진다고 나는 믿는다.

몸을 돌보는 일은

지금의 아픔을 덜어주는 일이지만,

이야기를 돌보는 일은

앞으로의 삶을 살게 하는 일이다.

그래서 나는

관리를 하며

귀를 더 열고

말을 아끼며

사람의 시간을 존중하려 한다.

백 세까지 이 일을 하고 싶다는 말은

오래 버티고 싶다는 뜻이 아니다.

오래 곁에 있고 싶다는 뜻이다.

누군가의 인생이

조금 가벼워지는 자리,

자기 이야기를 꺼내고

다시 자기 삶으로 돌아갈 수 있는 자리.

나는 그 자리에

오래 머무는 사람이 되고 싶다.

　　　　　　　　　　　PART 2 삶이 손끝이 되기까지

PART 3.

사람을
향한 마음
(관계·가족·존재의 의미)

20장

내가 하는 일은, 생활 속의 복지다

나는 전문대학에서 사회복지학을 공부했다.

그 과정에서 사회복지사 2급과 유아보육교사 자격증을 취득했고,

이후 요양보호사 자격증도 갖추게 되었다.

지금 나는

전통적인 의미의 복지 현장에서 일하고 있지는 않다.

하지만 어느 순간부터

내가 하고 있는 이 일이

복지와 아주 닮아 있다는 생각을 하게 되었다.

요즘 나를 찾아오는 분들 중에는

나보다 연배가 높은 언니들이 많다.

그분들은 관리 베드에 누워

몸을 맡기지만,

사실은 삶의 무게도 함께 내려놓고 간다.

나는 병을 고치지는 못한다.

대신 아프기 전에

뭉쳐 있던 근육을 풀어주고,

기의 흐름을 돕고,

틀어진 몸의 균형을 다시 세워주려 한다.

림프가 순환하도록 도와

몸이 스스로 건강을 유지할 수 있는 힘을 찾게 하는 일.

그 일은

조용하고 눈에 띄지 않지만

사람의 하루를 지켜주는 일이라고 믿는다.

아프지 않도록 미리 돌보는 것,

그 자체가 이미 복지이기 때문이다.

관리실을 나서며

"여기 오면 한결 가벼워져요."

"이제 또 일상을 살 수 있겠어요."

라고 말해 주실 때마다

나는 이 일이 얼마나 귀한 일인지 새삼 느낀다.

그래서 나는

이 일을 하는 것이 참 자랑스럽다.

복지라는 이름을 달지 않아도,

누군가의 삶을 오래 지탱해 주는 일이라면

그것으로 충분하다고 생각한다.

오래도록 나를 찾아주는 분들이

몸도 마음도 건강하게,

자기 삶을 끝까지

자기답게 살아가기를 바란다.

나는 오늘도

그 곁을 지키는 사람으로

이 일을 하고 있다.

　　　　　　　　　　　　　　PART 3 사람을 향한 마음

21장

언니는 가족이었고, 스승이었다

나는 사회복지사로 일하고 싶었다.

그 마음은 진심이었지만

어찌어찌하다 보니 그 길로는 가지 못했다.

그러던 어느 날,

친정어머니께서 조심스럽게 말씀하셨다.

"언니가 이 일을 하고 있으니 가서 한번 배워 보렴."

그 말에 나는 언니가 일하는 숍을 찾아갔다.

하지만 언니의 반응은 내가 기대한 것과는 달랐다.

이 힘든 일을 동생에게 시키고 싶지 않다며

냉정하게 선을 그었다.

그래도 나는 물러서지 않았다.

"그래도 한 번 배워 보고 싶어."

그 말을 들은 언니는 잠시 나를 바라보더니 짧게 말했다.

"그럼 와 봐라."

그렇게 나는 언니의 숍으로 출근했다.

사람의 몸을 만진다는 것이

생각보다 무서웠다.

배운 적도 없고,

마흔 후반의 나이에 내가 과연 할 수 있을까.

겁이 났다.

언니는 처음부터

내가 오래 버티지 못할 거라 생각했던 것 같다.

그래서인지 자격증을 따라고도 하지 않았다.

그저 말없이 나를 지켜보고 있었다.

그러다 어느 날 언니가 말했다.

"이 일을 하려면 피부미용사 자격증은 따야 한다."

시험은 쉽지 않았다.

이론은 한 번에 붙었지만 실기는 달랐다.

투박한 내 손은

세밀하고 유연한 동작을 따라가지 못했고,

나는 두 번이나 떨어졌다.

그때 언니는 정말 독하게 말했다.

"절실함이 없다."

그 말은 아팠지만

도망칠 곳이 없는 내 현실을 정확히 찔렀다.

그때 나는 결심했다.

물러설 곳이 없다면 변해야 한다고.

투박함을 부드러움으로 바꾸기 위해

이를 악물고 연습했다.

그리고 세 번째 도전 끝에 겨우 합격했다.

그 소식을 들은 언니는 정말 많이 기뻐했다.

기특하다며, 세게 말해서 미안하다고 하며

나를 꼭 안아주었다.

그 순간의 기쁨은 지금도 잊을 수 없다.

이 일에서 언니는 내 언니가 아니었다.

참된 스승이었다.

스승의 날에

"고맙습니다"라는 인사를 드렸을 때

언니가 그렇게 행복해하던 모습이

지금도 눈에 선하다.

언니가 떠나기 전 나에게 말했다.

"지금처럼 하면 넌 굶어 죽진 않을 거다."

그 말은 돈을 벌라는 말이 아니었다.

사람을 잃지 말라는 말이었다는 것을

나는 이제 안다.

지금의 나는 돈보다 사람을 본다.

나를 찾아오는 분들을 돕는 사람으로 살고 싶다.

나는 사람이 좋고, 회원님들이 참 사랑스럽다.

그렇게 살다 보니 돈도 따라왔고,

그 덕분에 나는 계속 공부할 수 있게 되었다.

언니가 열어준 이 길 위에서
나는 오늘도 사람을 향해 걷고 있다.
그것이 내가 선택한 삶이다.
후회 없는 만족의 삶.

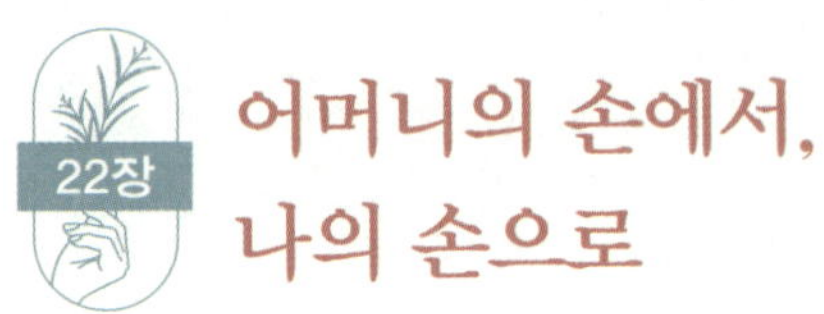

어머니의 손에서, 나의 손으로

글을 쓰다 보니 문득 이런 생각이 들었다.

내가 지금 살아 있다는 사실이 무척이나 감사하다는 것.

그리고 내가 살아 있음은 어쩌면 친정어머님 덕분이라는 것.

가끔은 내가 마사지라는 직업을 갖게 된 것도

이미 오래전부터 준비되어 있던 일은 아니었을까,

그런 생각이 든다.

나는 아홉 살, 초등학교 2학년 봄에 얼굴을 크게 다쳤다.

상처는 깊었고 큰 흉터로 남았다.

중학교 2학년이 되었을 때 어머니와 큰언니는

나를 데리고 전주에 있는 어떤 철학관을 찾으셨다.

이유는 정확히 기억나지 않지만

그날의 장면은 지금도 생생하다.

그분은 나를 보더니 이렇게 말했다.

"열 살을 못 넘길 아이가 지금 여기 있네."

그리고 이어서 어머니를 바라보며 말했다.

"어머니 덕에 살았어요."

"공부 열심히 하고 부모 속 썩이지 말고

훌륭한 사람이 되어 좋은 일 하며 사세요.”

그 말은 예언처럼

내 마음 어딘가에 오래 남아 있었다.

이제는 1년 전 세상을 떠난

어머니 이야기를 잠시 해 보고 싶다.

내 기억 속의 어머니는

시골에 사셨지만 지혜롭고 현명한 분이었다.

지독히 보수적인 아버지 곁에서

여덟 남매가 큰 탈 없이 자라난 것은

어머니의 그 지혜 덕분이었을 것이다.

어머니는 동네에서 구멍가게를 하셨다.

그 시절에는 차도 없고 병원도 멀었다.

누군가 아프거나 다치면

마을에서 침 놓는 분을 찾거나 어머니를 찾았다.

약방이 들어오기 전까지

어머니의 가게에는

상비약이 늘 준비되어 있었다.

머리 아픈 사람에게는 아스피린,

이빨 아픈 사람에게도 아스피린,

찢어지고 상처 난 사람에게는 안티프라민 연고,

체한 사람에게는 까스 활명수.

특히 체한 사람의 손을 따는 일에는
일가견이 있으셨다.
그리고 그보다 더 기억에 남는 것은
어머니가 늘 사람의 이야기를 들어주셨다는 점이다.
누군가는 상담을 하러 왔고,
누군가는 사주를 보러 왔다.
나는 옆에서 그 이야기를 들으며 자랐다.
어머니는 늘 좋은 말을 먼저 하셨고,
긍정적인 해석을 건네셨다.

혹시라도 안 좋은 뜻이 나오면 이렇게 말씀하셨다.
"세상 살다 보면 힘든 일 하나 없는 사람이 어딨겠냐."
"서로 잘 이겨내 보자."
지금 내가 회원님들과 이야기를 나누다가
"원장님은 맨날 좋은 말만 해요"라는 말을 들을 때면
나는 웃음이 난다.
그럴 때마다 어머니가 떠오르기 때문이다.
어쩌면 어머니의 그 덕 베풂이
지금의 나를 살게 한 것은 아닐까.
내가 살아서
마사지라는 직업으로 남의 몸을 어루만지고
이야기를 들어 주며 사는 이유는

　　　　　　　　　　

그곳에서 시작된 것은 아닐까.

오늘은 유난히 돌아가신 어머니와

이 일을 나에게 가르쳐 준 둘째 언니가 함께 떠오른다.

그래서 나는 매일매일 살아 있음이 감사하다.

나는 마치 덤으로 사는 인생을 사는 것 같다.

이런 인생이 이렇게 맛있는 인생인 줄

그때는 몰랐을 것이다.

그래서 오늘도 나는 감사하고, 행복하다.

내가 공부할 수 있었던 이유

나는 마사지를 하면서 공부를 하게 되었다.

오십 대 후반에 시작한 대학 공부는

설렘만큼이나 현실적인 부담도 함께 가져왔다.

공부를 하다 보니 집안일을 예전처럼 해낼 수 없었다.

일과 공부를 병행하는 하루 속에서

모든 것을 혼자 감당하기에는 시간도, 체력도 부족했다.

그때 남편이 조용히 자리를 채워주었다.

퇴근하면 피곤할 텐데도 불평 한마디 없이

빨래를 하고, 청소를 하고, 식사를 준비했다.

늦둥이 막내 민준이, 이제 열다섯이 된 아들까지

살뜰히 챙겼다.

그 모습은 '도와준다'기보다 '함께 산다'라는 말에 가까웠다.

잔소리도, 생색도 없었다.

그저 내가 해야 할 일에 온전히 몰두할 수 있도록

자리를 내어주었다.

두 딸도 그 자리를 채워주었다.

내가 비운 자리를 번갈아 가며 맡아주었다.

묻지 않아도, 말하지 않아도 각자 자기 몫을 해냈다.

그 덕분에 나는 마음껏 공부할 수 있었고,

일에도 더 집중할 수 있었다.

내가 지금 하고 싶은 공부를 하고

하고 싶은 일을 할 수 있는 이유는

결코 나 혼자만의 힘이 아니었다.

가족들이 각자의 자리에서

각자의 일을 잘해 주고 있었기에

나는 한 발 앞으로 나아갈 수 있었다.

그래서 나는 요즘 자주 이런 생각을 한다.

이 모든 시간은 가족이 나에게 준 선물이라는 것을.

나는 오늘도 그 감사함을 마음에 품고 책상 앞에 앉는다.

그리고 조용히 다짐한다.

이 시간을 헛되이 쓰지 않겠다고.

마음으로 후원해 준
한 사람에게

24장

이 일을 시작하며 나는 혼자가 아니었다.

언니가 계실 때도, 언니가 떠난 뒤에도

늘 조용히 곁을 지켜주신 분이 계셨다.

최 사장님.

이 이름을 마음속으로 부를 때마다

나는 자연스럽게 고개가 숙여진다.

말보다 먼저 행동으로, 형식보다 마음으로

후원을 아끼지 않으셨던 분.

그 후원은 단순한 금전이 아니라

사람을 향한 믿음이었고

길을 가는 사람에게 건네는 따뜻한 등불 같은 것이었다.

어려울 때도, 행복할 때도 언제나 나를 살피셨다.

묻지 않아도 필요한 순간을 알아보셨고

내가 흔들릴 때는 철저하게 내 편이 되어 주셨다.

나는 그분을 통해 '노블레스 오블리주'가

말이 아니라 삶의 태도라는 것을 배웠다.

돈을 어떻게 쓰느냐가 그 사람을 말해 준다는 것도

그분을 보며 처음으로 알았다.

드러내지 않으면서도 품격 있었고,

베풀면서도 생색이 없었으며,

언제나 상대의 존엄을 먼저 생각하셨다.

그 모습은 내가 사람을 대하는 기준이 되었고,

삶을 살아가는 방향이 되었다.

나에게 최 사장님은 후원자이기 전에 멘토였고,

지금도 여전히 내 삶의 기준을 세워 주는 분이다.

이 글을 통해

다시 한번 마음 깊이 감사를 전하고 싶다.

평생 가슴에 안고 살아가야 할 은혜를

말로 다 담을 수는 없겠지만

그래도 기록으로 남기고 싶었다.

최 사장님,

제가 이 길을 포기하지 않고

사람을 향해 걷고 있는 이유에는

당신의 마음이 분명히 들어 있습니다.

그 믿음에 부끄럽지 않게 살아가겠습니다.

깊이, 그리고 오래

감사드립니다.

  PART 3 사람을 향한 마음

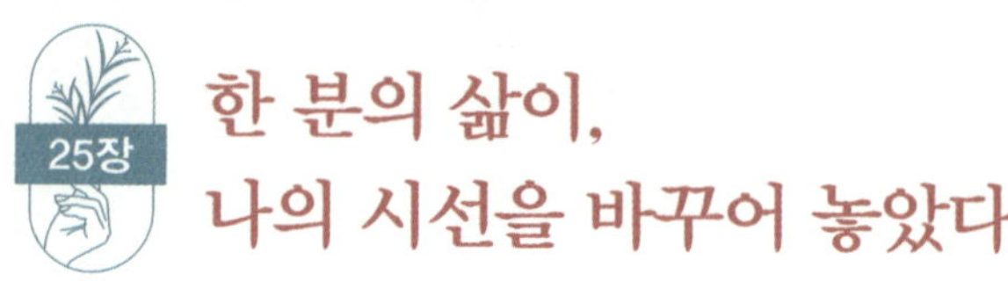

한 분의 삶이, 나의 시선을 바꾸어 놓았다

나에게는 참 많은 회원님이 계신다.

모두가 나를 믿어주고, 지지해 주고, 응원해 주신 분들이다.

그 믿음 덕분에 나는 오늘도 이 일을 계속할 수 있다.

그런데 그 많은 인연 중에

나의 생각을 완전히 바꾸어 놓은 한 분이 계신다.

올해로 아흔이 되신, 지금 나의 최고령 회원님이다.

이분과의 인연은 언니가 아프기 시작하면서 시작되었다.

당시 여든을 훌쩍 넘기신 이분을 언니는 나에게 꼭 부탁하

셨다.

"이분은 내게 은인 같은 분이야. 네가 꼭 관리해 드려야 해."

나는 솔직히 망설였다.

그때까지 나는 일흔이 넘은 분을 관리해 본 적이 없었다.

혹시라도 관리 중에 아프시기라도 하면 어쩌나,

두려움이 앞섰다.

하지만 나는 '할 수 있다, 없다'를 말할 수 없었다.

그건 기술의 문제가 아니라

사람에 대한 약속이었기 때문이다.

그렇게 시작된 관리는 나에게 커다란 전환점이 되었다.

나는 그분을 통해 몸의 놀라운 신비를 경험했다.

솔직히 고백하자면 나는 경락 관리가

모든 사람에게는 좋아도

연세가 많은 분들에게는 큰 도움이 되지 않을 것이라

막연히 생각하고 있었다.

그 생각은 완전히 뒤집혔다.

관리할수록 몸에 생기가 돌았고,

늘어졌던 피부가 조금씩 완화되었으며,

얼굴의 처짐도 눈에 띄게 달라졌다.

굽어 가던 체형도 더 나빠지지 않고 유지되는 것을 보았다.

그때 나는 깨달았다.

나이가 들수록 몸 관리는 선택이 아니라 필수라는 것을.

연세가 들면

근력 운동이나 유산소 운동을 꾸준히 하기 어렵다.

체력은 떨어지고, 순환은 느려지며, 회복은 더뎌진다.

음식도, 약도 예전만큼의 효험을 보이지 않는다.

그럴수록

몸을 부드럽게 깨워 주는 관리가 얼마나 중요한지

이분의 몸이 직접 보여주었다.

이 경험은 내가 연세 드신 회원님들을

두려움 없이 관리할 수 있게 해준 결정적인 계기가 되었다.
그리고 더 깊이 공부해야겠다는 책임으로 나를 이끌었다.
이분은 지·덕·체를 고루 갖춘 분이시다.
1937년생으로, 그 시대에 대학을 나오셨고
남편분을 모시는 일을 기쁨과 감사로 여기셨다.
층층시하 어른들을 모신 이야기를 하시며
자녀들이 잘된 것은 그분들 덕분이라고 말하는 분이다.

연세가 드셨지만 체력이 있으시기에 관리도 잘 받으신다.
그 삶의 태도 자체가 이미 몸을 살리는 힘이라는 것을
나는 곁에서 배웠다.
이분과 더 잘 대화하고 싶어서 나는 근육학을 공부했고,
스웨디시를 공부했고, 노인 심리와 치매 예방을 공부했다.
문학적인 대화를 나누고 싶어 노인 문학 활동도 공부하게
되었다.
놀랍게도 이 공부들은 한 분만을 위한 것이 아니었다.
나를 찾아오는 모든 회원님들과의 소통에
더 깊고 따뜻한 영향을 주었다.
이분은 내가 나이를 들어가며 어떤 자세로 살아야 하는지를
몸으로 보여주신 나의 롤모델이다.

나는 이분이 백 세를 넘겨

건강하게 살아가시기를 돕고 싶다.

그리고 이분을 통해 배운 것을 바탕으로

더 많은 어르신들이 나이 드는 일을

두려워하지 않도록 돕고 싶다.

한 분의 삶이 나의 시선을 바꾸었고,

그 변화는 모든 분들을 향하고 있다.

그래서 나는 오늘도 사람의 몸을 만지며

사람의 시간을 존중하는 일을 계속하고 있다.

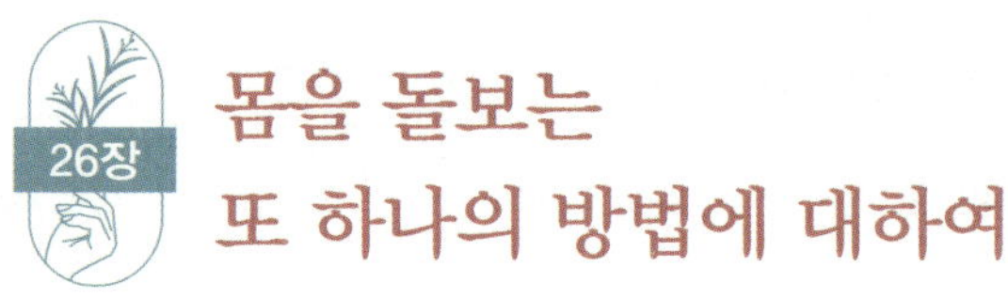

몸을 돌보는
또 하나의 방법에 대하여

26장

몸 관리를 하다 보니 나는 점점 확신하게 되었다.

운동을 열심히 하는 것도 물론 중요하지만,

그 위에 몸 관리를 함께 더하면

몸은 훨씬 빠르고 깊게 반응한다는 것을.

운동은 몸을 단련시키고,

몸 관리는 몸이 그 운동을 더 잘 받아들일 수 있도록

길을 열어준다.

그래서 나는 이 둘이 서로 경쟁하는 것이 아니라

함께 가야 한다고 생각하게 되었다.

보약도 마찬가지다.

아무리 좋은 보약이라도 몸의 순환이 막혀 있다면

제힘을 다 쓰기 어렵다.

몇 차례 몸 관리를 통해 순환을 먼저 열어준 뒤에

보약을 드시면 몸은 훨씬 부드럽게 받아들인다.

다이어트 역시 그렇다.

식이요법과 운동요법만으로 버겁게 버티는 것보다,

몸 관리를 함께 병행하면

몸이 덜 긴장하고 변화를 더 자연스럽게 받아들인다.

억지로 빼는 몸이 아니라

돌보며 가벼워지는 몸에 가까워진다.

특히 나는 마음이 많이 지친 분들께

습식 마사지를 조심스럽게 권하고 싶다.

여러 해 동안 관리를 하며

우울로 힘들어하던 분들이 서서히 웃음을 되찾는 모습을

여러 차례 보아 왔다.

말로는 꺼내지 못했던 감정들이 몸을 통해 먼저 풀리고,

피부가 진정되면서 마음도 함께 가라앉는 순간을

나는 분명히 보았다.

피부 질환이 함께 완화되는 경우도 적지 않았다.

이런 경험들을 거치며 나는 내가 해온 공부들이

헛되지 않았다는 생각을 하게 되었다.

기초 해부학과 근육학, 심리와 경락,

스웨디시와 카이로프랙틱, 안면 윤곽 테크닉까지.

몸을 따로 보지 않고

하나의 흐름으로 공부해 온 시간이

회원님들께 그대로 닿고 있었다.

내가 바라는 것은 단순하다.

회원님들이 병원을 전전하는 시간을 조금이라도 줄이고,

아픔으로 낮아진 삶의 질을 조금이라도 회복하도록 돕는 것.

우리 몸에는 생각보다 큰 자가 치유의 힘이 있다.

나는 그 힘이 제때 깨어날 수 있도록

돕는 역할을 하고 싶다.

몸이 가벼워지면 마음이 움직이고,

마음이 움직이면 삶의 태도가 달라진다.

그리고 그 변화는 자연스럽게

다시 누군가를 향한 베풂으로 이어진다.

예전에 이런 말을 들은 적이 있다.

사람이 아픈 이유 중 하나는 사랑받고 싶어서라고.

나는 그 말이 완전히 틀렸다고 생각하지 않는다.

그래서 나는 관리를 하며 사랑받고 있다는 느낌이

몸을 통해 전해지기를 바란다.

"내가 살아 있어서 감사하다"라는 말이

어느 날 자연스럽게 입 밖으로 나올 수 있도록

그 곁을 지키고 싶다.

이 글을 읽는 당신도 혹시 그런 마음이 들었으면 좋겠다.

한 번쯤 내 몸을 제대로 쉬게 해주고 싶다는 생각.

돌봄은 사치가 아니라

삶을 오래, 건강하게 사랑하기 위한 선택이라는 생각.

그 마음이 시작되는 순간,

　　　　　　　　

치유는 이미 조금 시작되고 있다고
나는 믿는다.

치유는 이미 조금 시작되고 있다고
나는 믿는다.

함께 걷는다는 것

나는 지금 이 일을 사랑하는 딸과 함께 걷고 있다.

그리고 무엇보다 고마운 것은

딸도 나와 같은 마음으로 이 일을 대하고 있다는 사실이다.

처음부터 그랬던 것은 아니다.

나는 그저 딸이 자기 삶을 찾기를 바랐고,

이 일이 선택지가 되든 아니든 괜찮다고 생각했다.

하지만 어느 순간부터 딸의 눈빛이 달라졌다.

사람을 대하는 태도,

몸을 다루는 손의 온도,

말을 고르는 침묵까지

이 일이 단순한 직업이 아니라는 것을

딸도 알아가기 시작했다.

딸에게 이 일은 희망이다.

사람을 돕는 일로 자기 자리를 만들 수 있다는 희망,

정성으로 삶을 지탱할 수 있다는 희망.

나는 그 희망이 딸의 등을 곧게 세워 주는 것을

곁에서 본다.

나에게 딸은 동료이고,

동지이고, 동행자이다.

가르치는 사람과 배우는 사람이 아니라

같은 길을 바라보는 두 사람.

서로의 하루를 이해하고,

서로의 피로를 알아보고,

말하지 않아도 통하는 마음.

어느 날은 딸에게서 배운다.

요즘의 감각을,

요즘의 언어를,

요즘 사람들의 마음을.

또 어느 날은 딸이 나에게 묻는다.

"이럴 땐 어떻게 하세요?"

그 질문 속에 담긴 신뢰가 나를 더 단단하게 만든다.

우리는 앞서거니 뒤서거니

같은 속도로 걷지 않아도 괜찮다.

중요한 것은

같은 방향을 보고 있다는 사실이다.

사람을 함부로 대하지 않겠다는 약속,

정성을 아끼지 않겠다는 다짐,

이 일이 누군가의 하루를 지켜 줄 수 있다는 믿음.

딸과 함께 일한다는 것은

나에게 친구를 얻는 일과 닮아 있다.

농담을 나눌 수 있고,

고민을 털어놓을 수 있고,

서로의 성장을 기쁘게 바라볼 수 있는 관계.

부모와 자식이라는 이름을 잠시 내려놓고

한 사람의 사람으로 서로를 존중하는 시간.

나는 이 동행이 오래 가기를 바란다.

서두르지 않고,

경쟁하지 않고,

각자의 리듬을 지키며

같은 길을 걸어가기를.

언젠가 딸이 자기만의 무대를 만들어도 좋다.

그때 나는 조용히 객석에 앉아

응원하는 사람이 되어도 좋다.

지금은 그저 같이 걷는 이 시간이 참으로 소중하다.

이 일을 사랑하는 마음으로 서로의 곁에 있는 것.

그것이면 오늘은 충분하다.

나의 자리,
나의 무대

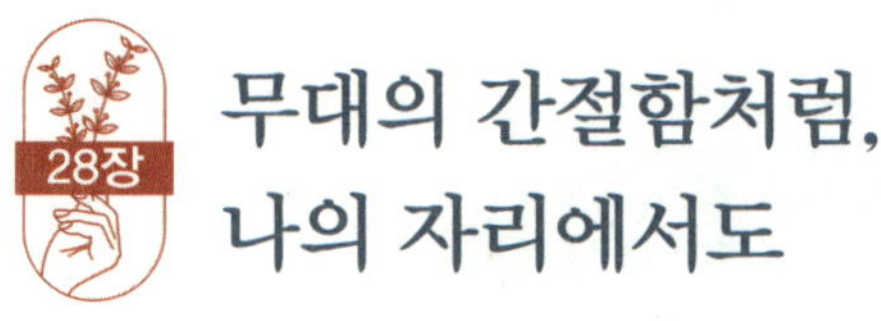

무대의 간절함처럼,
나의 자리에서도

나는 트로트 경연을 좋아한다.

경연 무대를 보다 보면

노래를 잘하는 사람보다

간절함이 전해지는 사람이 오래 마음에 남는다.

짧은 무대 위에서

그 사람이 살아온 시간과

지금 이 순간의 절실함이 함께 느껴질 때,

나는 이유 없이 전율을 느낀다.

긴장, 진정성,

그리고 꼭 전하고 싶은 마음이

노래를 넘어 사람에게 닿는 순간이다.

그 장면은 지금도 내 마음에 선명하다.

임영웅이 경연 무대에서

노사연의 〈바램〉을 불렀을 때,

그 노래는 단순한 가사가 아니었다.

내 마음으로 그의 간절함이 그대로 전해졌고,

나는 그 순간 자연스럽게 팬이 되었다.

지금도 그의 노래를 들으며 힘을 얻고,

콘서트를 찾아가
그가 전하는 진심을 직접 느끼고 싶어진다.

문득 이런 생각이 들었다.
그가 무대를 찾은 사람들에게
'특별한 무엇'을 남기듯,
나도 나를 찾아오는 회원님들에게
그런 특별함을 전하고 싶다는 마음이.
관리를 받는 시간이
그저 몸을 맡기는 시간이 아니라,
"아, 이 사람은 정말 정성을 다하고 있구나."
하고 느껴지는 시간.
오늘을 버텨온 사람에게
내일을 다시 살아갈
작은 희망 하나를
건네는 사람이 되고 싶다는 마음이다.
나는 노래를 부르지는 못한다.
무대 위에 서지도 않는다.
하지만
내 자리에는
내가 할 수 있는 무대가 있다.
한 사람의 몸을 대하는 태도,

손의 온도,

말의 속도,

침묵을 존중하는 마음.

그 모든 것이 모여

회원님들 마음에

"여기 오면 다시 힘이 난다"는

기억으로 남았으면 좋겠다.

내가 바라는 특별함은

화려함이 아니라

진심이다.

임영웅의 노래가 그랬던 것처럼,

기교보다 간절함이

사람의 마음을 움직인다는 것을

나는 믿는다.

그래서 오늘도

나는 나의 자리에서

나만의 무대를 준비한다.

누군가의 하루에

조용히 전율이 남는

그런 시간을 선물하기 위해.

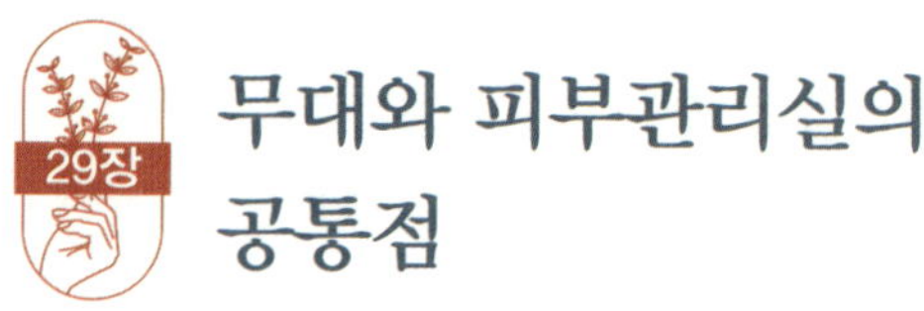

무대와 피부관리실의 공통점

무대 위의 가수와

관리실의 나는

전혀 다른 일을 하는 사람처럼 보인다.

하지만 나는

이 둘이 꽤 닮아 있다고 느낀다.

무대는 수많은 사람 앞에 서지만

사실 가수가 마주하는 건

그날, 그 순간의 관객 한 사람이다.

관리실도 마찬가지다.

나는 매번

그날의 회원님 한 분과 마주한다.

무대는 준비가 부족하면

노래가 흔들린다.

관리실은 준비가 부족하면

손이 불안해진다.

관객은 귀로 듣지만

사실은

그 사람이 준비해 온 시간을 듣고,

회원님은 몸으로 받지만
사실은
내가 쌓아온 태도를 느낀다.
간절함은
숨길 수 없다.
무대에서 간절하지 않은 노래는
금세 잊히고,
정성이 없는 관리는
몸이 먼저 알아본다.

좋은 무대는
노래가 끝난 뒤에도
가슴에 남고,
좋은 관리는
관리가 끝난 뒤에도
몸과 마음이 가볍다.
사람은 결과보다
그날의 느낌을 더 오래 기억한다.
무대는 짧다.
관리는 한 시간 남짓이다.
하지만 그 시간 안에
그 사람이 살아온 태도가

고스란히 드러난다.

그래서 나는

내 자리에서

항상 무대를 준비하는 마음으로

관리를 한다.

화려하지 않아도 좋다.

완벽하지 않아도 좋다.

다만

나를 찾아온 그 한 사람이

"오늘, 참 좋았다"라고

말할 수 있기를 바란다.

그것이

무대와 관리실이

서로 닮아 있는 이유다.

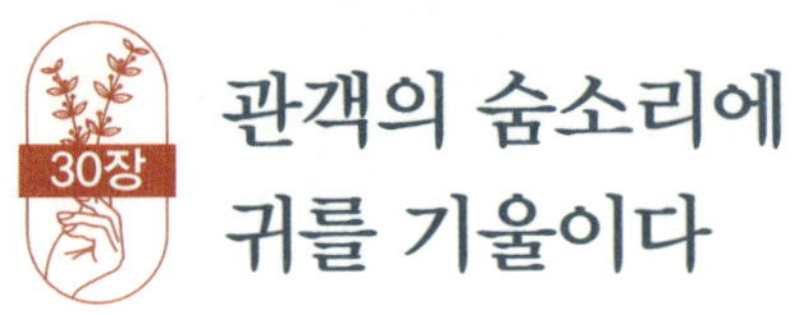

관객의 숨소리에 귀를 기울이다

무대 위 가수가 화려한 반주가 시작되기 전,

고요한 정적 속에서 관객의 숨소리에 귀를 기울이듯

나는 관리 베드에 누운 한 사람의 아주 작은 호흡에도

조심스럽게 마음을 기울인다.

관리실에는 잔잔한 음악이 흐르지만,

그 평온함 아래에는 수많은 삶의 언어가 파동처럼 숨어 있다.

하루의 무게에 눌려 짧아진 숨,

이제야 안도의 문턱을 넘으며 흘러나오는 깊은 한숨,

차마 말로 꺼내지 못한 슬픔이

목구멍 끝에서 미세하게 떨리는 순간까지.

나는 그 숨을 가장 가까이에서 듣는 관객이 되고,

흐트러진 호흡의 박자를 다시 맞추는 조용한 지휘자가 된다.

손끝이 차갑게 굳은 피부에 닿을 때

숨이 조금씩 길어지고

몸이 다시 자기 리듬을 찾는 순간,

나는 비로소 이 일이 기술이 아니라

사람을 향한 마음임을 다시 깨닫는다.

치유와 회복은 가르치는 것이 아니라

서로의 호흡이 하나의 화음으로 만나는 일이다.

그때 비로소,

말 없는 생명의 노래가

조용히 피어난다.

31장 나를 완성하는 단정한 예복, 유니폼

옷장 안에는

매일 아침 나를 다시 세우는 단정한 유니폼이 걸려 있다.

마흔 후반, 조금 늦은 나이에 이 일을 시작하며

처음 그 유니폼을 입었을 때의

설렘과 무게를 나는 아직도 잊지 못한다.

거울 속의 나는 낯설었지만

유니폼의 단단한 질감은

나에게 새로운 이름을 건네주었다.

누군가의 아내나 엄마를 넘어

'최점복'이라는 이름,

그리고 치유와 회복을 돕는 사람이라는

조용하지만 분명한 정체성.

조명이 꺼진 관리실을 정돈하는 시간은

나에게 또 하나의 리허설이다.

이 유니폼은 나를 드러내기보다

타인의 아픔을 묵묵히 받아내는

깊은 바다를 닮았다.

옷깃을 여밀 때마다

나는 나 자신에게 약속한다.
나의 피로와 감정은 이 옷 뒤에 잠시 내려두고,
내 앞에 선 이의 통증과 간절함만을
온전히 품겠노라고.
이 유니폼은
나를 가장 나답게 만드는
사명의 옷이다.

32장

'베드'라는 작은 세계에서 만난 우주

나의 무대는

가로 1미터, 세로 2미터 남짓한 베드 하나다.

그러나 그 위에 누운 한 사람은

저마다 하나의 우주를 품고 있다.

어떤 우주는 삶의 파편으로 상처 입어 있고,

어떤 우주는 깊은 외로움 속에서

숨을 고르고 있다.

손길이 그 표면을 스칠 때

나는 그 안에서

수많은 인생의 장면을 만난다.

단단히 굳은 어깨에서는

오래 버텨온 책임의 무게를 느끼고,

차갑게 식은 복부에서는

말하지 못하고 삼켜온 눈물의 시간을 읽는다.

이 작은 베드 위에서

나는 세상을 배우고

사람의 연약함을 품으며

사랑을 실천한다.

여기서 매일,
조용한 치유의 드라마가 완성된다.

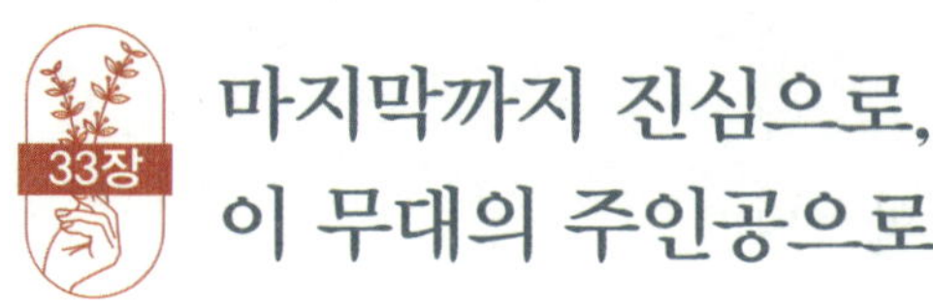

마지막까지 진심으로,
이 무대의 주인공으로

내가 좋아하는 가수의 노래가

오래 마음에 남는 이유는

기교보다 진심이 먼저 닿기 때문일 것이다.

무대 위의 한순간을

마지막인 것처럼 살아내는 태도.

나 역시 그런 마음으로

매일 베드 앞에 선다.

오늘의 관리는 단 한 번뿐이라는 마음으로

온전히 이 순간에 머문다.

이제 내 곁에는

같은 길을 걷기 시작한 딸이 있다.

우리는 서로의 무대를 응원하며

때로는 한 무대 위에서

조용한 협주곡을 연주한다.

이 치유의 무대를

기록으로 남기고 싶다.

나를 믿어준 사람들에게,

그리고 다음 세대에게.

백 세가 되어도
단정한 유니폼을 입고
따뜻한 미소를 건네는 사람으로.
마지막 숨을 고요히 내쉬는 그날까지
나는 이 사랑스러운 무대의
주인공으로 남고 싶다.

"몸이 들려주는 마지막 이야기"

사람의 몸을 오래 만지다 보면 나는 한 가지를 깊이 깨닫게 된다.

몸은 늘 우리보다 먼저 알고 있었다. 우리의 지침도, 우리의 상처도, 우리의 바람도, 우리의 사랑도.

몸은 말보다 먼저 반응하고, 마음보다 먼저 움직이고, 생각보다 먼저 진실을 드러낸다. 우리가 모른 척하려 해도 몸은 그 진실을 숨기지 않는다. 그 사실이 때로는 아프지만, 동시에 참으로 아름답다. 몸은 늘 우리 편이었기 때문이다.

몸은 매일 우리를 지키고 있었다

우리는 몸을 당연하게 여길 때가 많다. 아프면 원망하고, 지치면 미워하고, 불편하면 불평한다. 하지만 몸은 한 번도 우리를 원망한 적이 없다. 무너지는 순간에도 우리를 버린 적이 없다. 우리를 지키려고 밤새 호흡을 맞추고, 감정을 대신 품고, 위험으로부터 방어하며 오늘까지 데려왔다.

몸은 늘 우리 곁에서 조용히 말하고 있었다.

"나는 네 편이야. 나는 너를 지키고 있어."

그 사실을 모르고 살아가는 것이 조금은 아쉽고, 조금은 미안하다.

몸은 마음으로 향하는 가장 솔직한 길이다

마음은 흔들리고, 생각은 변하고, 감정은 금방 희미해진다.

하지만 몸은 다르다. 몸은 마음의 기록이자 마음으로 가는 길이다.

몸이 편안해지는 순간 마음은 저절로 고요해지고, 몸이 따뜻해지는 순간 감정도 따뜻해진다. 마음은 스스로를 숨겨도 세포는 숨기지 않는다. 몸은 언제나 정직하다.

그래서 몸을 돌보는 것은 결국 마음을 돌보는 일이다.

몸을 이해하는 것은 결국 자신을 이해하는 일이다.

세포는 마지막까지 사랑을 선택한다

이 일을 오래 하며 느낀 진실이 있다. 세포는 늘 사랑을 기다리고 있었다는 것.

사랑을 느낄 때 열리고, 사랑을 받을 때 회복하며, 사랑을 기억할 때 변화가 시작된다.

세포가 사랑을 기억하면 몸은 다시 따뜻해지고, 몸이 따뜻해지면 사람은 다시 살아갈 힘을 찾는다.

나는 그 수많은 순간을 보아왔다. 그 순간들은 언제나 조용하지만 삶을 바꾸는 힘이 있었다.

사랑은 세포 하나에서 시작된다. 그리고 그 사랑은 몸과 마음, 삶 전체로 퍼져나간다.

사람은 존재만으로도 충분히 아름답다

프롤로그에서 나는 사람이 얼마나 사랑스러운 존재인지 이야기했다.

그리고 이 책을 써 내려오며 나는 그 사실을 다시 확인했다.

사람은 강해서 아름다운 것이 아니라, 약해서 아름답다.

완벽해서 사랑스러운 것이 아니라, 있는 그대로 사랑스럽다.

사람이 가진 상처, 흔들림, 버텨온 시간, 그 모든 것이 아름다움의 증거다.

나는 그것을 몸을 통해 보았고, 세포를 통해 느꼈고, 사랑을 통해 알게 되었다.

내가 이 길을 계속 걷는 이유

나는 앞으로도 사람의 몸을 만질 것이다.

그 손끝에서 한 사람의 마음이 열리고, 그 마음에서 그 사람의 삶이 조금씩 바뀌고, 그 변화가 그 사람을 다시 살아나게 할 수 있기 때문이다.

사람의 몸은 치유의 문이고, 사람의 세포는 사랑의 언어이며, 사람의 마음은 그 언어를 받아들이는 아름다운 그릇이다.

나는 그 아름다운 순간들을 지켜보는 사람이고, 함께하는 사람이고, 때로는 문을 열어주는 사람이다. 그래서 이 길은 직업이 아니라 내 삶 그 자체다.

마지막으로 몸이 들려준 한마디

수많은 사람의 몸을 만지면서 나는 몸으로부터 단 한 문장을 배웠다.

"나는 늘 너를 위해 싸우고 있었어."

몸은 늘 우리를 위해 싸운다. 상처 속에서도, 번아웃 속에서도, 우리가 자기 자신을 미워하는 순간에도, 몸은 언제나 우리 편이었다. 우리 안의 마지막 사랑이었다.

그리고 이제 그 사랑을 다시 돌려줄 차례다.

몸에게, 그리고 나에게

나는 이 글이 당신의 몸에게 닿기를 바란다. 조금이라도
위로가 되기를 바란다.
그리고 당신이 당신의 몸을 다시 사랑하게 되기를 바란다.
몸은 말없이 당신을 지켜온 가장 오래된 친구다.
이제 그 친구의 이야기를 들어줄 시간이다.

엄마의 책을 세상에 보내며

부모의 삶은 자녀에게 말보다 깊은 흔적으로 남습니다. 의도하지 않아도 삶의 태도와 선택은 자연스럽게 전해지고, 그것은 어느 순간 자녀의 기준이 됩니다.

많은 이들이 어린 시절의 부모를 중심으로 기억을 간직합니다. 어른이 되어 다시 바라본 부모는 때로 조용하고 작게 느껴지기도 합니다. 그러나 제 어머니는 조금 달랐습니다.

제 기억 속의 엄마는 늘 멈추지 않는 사람이었습니다. 인생의 후반부를 '정리'가 아닌 '확장'의 시간으로 선택한 사람. 새로운 배움 앞에서 주저하지 않았고, 인생의 2막을 스스로 개척하려는 열정을 놓지 않았습니다.

엄마는 가끔 제 삶에 적극적으로 관여하지 못해 미안하다고 말했지만, 저는 오히려 그 점이 고마웠습니다. 제 인생을 대신 살아주려 하지 않았고, 대신 자신의 삶을 성실히 살아

냈기 때문입니다. 그 등을 보며 저는 간섭 대신 존중을, 통제 대신 자유를 배웠습니다.

회갑을 앞둔 나이에 첫 책을 출간한다는 것은 단순한 결과가 아닙니다. 그것은 한 사람이 끝까지 자신을 포기하지 않았다는 증거이자, 삶을 현재진행형으로 살아왔다는 기록입니다.

이 책이 한 권의 출간을 넘어, 스스로의 시간을 책임 있게 걸어온 한 사람의 이야기로 읽히길 바랍니다. 그리고 그 새로운 출발을 따뜻한 마음으로 함께 축하해 주신다면 더없이 감사하겠습니다.

저는 그런 엄마의 딸이라는 사실이 자랑스럽습니다.

사랑하는 아내 점복이에게

살다 보니 이런 날도 오는군요. 내 아내의 이름이 적힌 한 권의 책을 손에 들게 되는 날이.

젊은 시절, 나는 그저 작은 꿈 하나를 품고 살았습니다.

장미 넝쿨이 담장을 타고 오르고, 저녁이면 따뜻한 불빛이 새어 나오는 집. 그 안에서 가족이 서로를 믿고 기대며 사는 삶. 거창하지 않아도 좋으니, "우리 집은 참 따뜻하다"는 말을 들을 수 있는 삶이면 충분하다고 생각했습니다.

그리고 33년이 흘렀습니다. 돌아보니, 그 꿈을 이루어 준 사람은 다름 아닌 당신이었습니다.

나는 세상일에 서툴고 무심할 때도 많았고, 때로는 가장이라는 이름 뒤에 숨어 당신의 수고를 당연하게 여긴 적도 있었을지 모릅니다. 그런데도 당신은 한 번도 큰소리로 자신을 내세운 적이 없었습니다. 아이들 아플 때는 밤을 새워 곁을 지켰고, 가족의 마음이 지칠 때는 말없이 먼저 웃어 주었습니다. 자신은 힘들어도 가족이 편하면 된다는 사람. 그게 바로 당신이었습니다.

그런 당신이 이제 자신의 이야기를 세상에 내놓습니다.
"몸이 말할 때, 나는 귀를 기울였다."
그 문장을 읽으며 나는 울컥했습니다. 당신은 몸의 소리뿐 아니라 가족의 한숨, 아이들의 눈빛, 내 마음속 작은 흔들림까지 늘 먼저 알아채던 사람이었으니까요.

당신의 책은 단지 건강을 말하는 책이 아닙니다. 한 사람의 인내와 사랑, 묵묵한 책임과 헌신의 시간이 고스란히 담긴 삶의 기록입니다.

나는 오늘, 아내를 존경합니다. 그리고 고맙습니다.
점복이, 이제는 당신의 시간입니다.
가족을 위해 살아온 세월만큼 이제는 당신 자신을 위해 마음껏 빛나길 바랍니다. 당신의 출간을 진심으로 축하합니다.
내 인생에서 가장 잘한 선택이 바로 당신과 함께한 결혼이었다는 사실을 오늘 다시 고백합니다.

늘, 그리고 끝까지 당신의 편인 남편

도서출판 행복에너지 회장 | 권선복

『몸이 말할 때 나는 귀를 기울였다』를 읽으며 저는 몇 번이나 문장을 멈추고 숨을 고르게 되었습니다. 이 책은 아픔의 기록이지만, 그보다 더 깊게는 삶의 태도에 대한 고백이기 때문입니다. 인간은 생각보다 연약하고, 생각보다 존귀합니다.

우리는 흔히 강해지려 합니다. 버텨내는 것이 성숙이라 믿고, 참아내는 것이 책임이라 생각합니다. 그러나 인간은 본래 연약한 존재입니다. 그리고 그 연약함을 인정하는 순간, 비로소 존엄이 시작됩니다. "나는 오래도록 나를 돌보지 못했다." 이 문장은 단순한 반성이 아니라 자기 인식의 출발점입니다. 병은 단절이 아니라, 질문이었습니다.

몸은 고통으로 묻습니다. 그리고 고통은 침묵을 강요합니다. 저자는 그 침묵 속에서 처음으로 자신의 목소리를 듣습니다. 속도보다 방향이 중요하다는 것, 성과보다 균형이 필요하다는 것, 강함보다 진실함이 더 깊다는 것. 이 깨달음은 병원에서 얻은 처방전이 아니라 삶이 건넨 통찰이었습니다. 회복은 단순한 치료가 아니라 '관계의 재정립'입니다. 의학은 신체를 회복시키지만, 삶을 회복시키는 것은 관계입니다.

저자가 가장 크게 배운 것은 자신과의 관계였습니다. 스스로를 혹사시키던 태도에서 스스로를 존중하는 태도로의 전환. 그리고 가족과의 관계. 병보다 더 아팠던 것은 걱정을 숨기려 애쓰는 가족의 눈빛이었다는 고백. 그 눈빛이 저자를 일으켜 세웠습니다.

몸의 통증은 단순한 증상이 아니라 삶의 철학이 어긋났다는 신호일지도 모릅니다. 저자는 그 신호를 무시하지 않았습니다. 그리고 그 선택이 삶을 다시 세우는 기초가 되었습니다. 우리는 다시 태어나지 않아도 됩니다.

이 책을 읽으며 나는 깨달았습니다. 우리는 다시 태어나지 않아도 된다는 것을. 이미 우리는 상처로 성숙했고, 실수로 깊어졌으며, 아픔으로 단단해졌습니다. 나는 이 책이 지금도 무리하고 있는 누군가에게 멈출 용기를 주기를 바랍니다. 그리고 스스로를 탓하고 있는 누군가에게 자기 연민이 아니라 자기 존중을 가르쳐 주기를 바랍니다.

'행복에너지'의 해피 대한민국 프로젝트!

<모교 책 보내기 운동> <군부대 책 보내기 운동>

한 권의 책은 한 사람의 인생을 바꾸는 힘을 가지고 있습니다. 한 사람의 인생이 바뀌면 한 나라의 국운이 바뀝니다. 그럼에도 불구하고 많은 학교의 도서관이 가난하며 나라를 지키는 군인들은 사회와 단절되어 자기계발을 하기 어렵습니다. 저희 행복에너지에서는 베스트셀러와 각종 기관에서 우수도서로 선정된 도서를 중심으로 <모교 책 보내기 운동>과 <군부대 책 보내기 운동>을 펼치고 있습니다. 책을 제공해 주시면 수요기관에서 감사장과 함께 기부금 영수증을 받을 수 있어 좋은 일에 따르는 적절한 세액 공제의 혜택도 뒤따르게 됩니다. 대한민국의 미래, 젊은이들에게 좋은 책을 보내주십시오. 독자 여러분의 자랑스러운 모교와 군부대에 보내진 한 권의 책은 더 크게 성장할 대한민국의 발판이 될 것입니다.

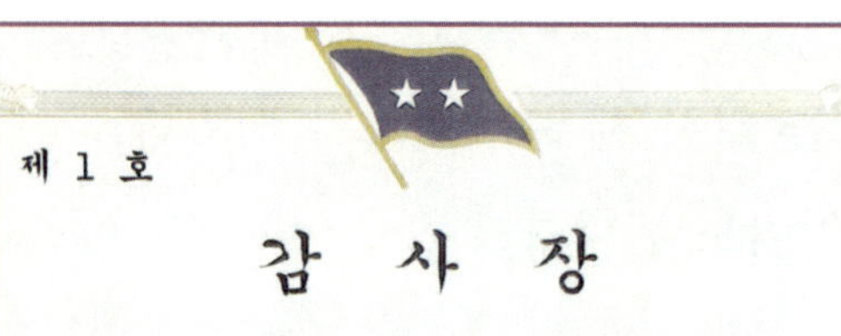

제 1 호

감 사 장

도서출판 행복에너지
대표 권선복

귀 사는 해군 제1함대 사령부 장병 및 군무원의 교양과 정서 함양을 위해 귀중한 양질의 도서를 기증해 주셨습니다.
이에 모든 부대원의 감사와 존경의 마음을 담아 감사장을 드립니다.

2024년 8월 30일

제1함대사령관
해군소장 박규백

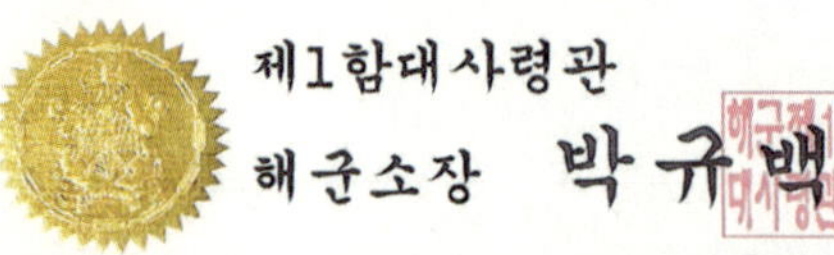

제 3 호

감 사 장

도서출판 행복에너지
대표 권선복

귀하께서는 평소 군에 대한 깊은 애정과 관심을 보내주셨으며, 특히 육군사관학교 장병 및 사관생도 정서 함양을 위해 귀중한 도서를 기증해 주셨기에 학교 全 장병의 마음을 담아 이 감사장을 드립니다.

2022년 1월 28일

육군사관학교장
중장 강창구